Günter Mayer

Steffens letzte Ferien

„Jede Idee, die der menschliche Geist erzeugt hat und den Kopf verlässt, also zur ‚Sprache kommt', strebt danach, verwirklicht zu werden. Auf dem Wege der Verwirklichung verändert sie das Bewusstsein und die Gesellschaft."
(Gustav Radbruch, Justizminister der Weimarer Republik (SPD), zitiert nach Rudolf Willeke).

„Hütet euch vor der Unzucht. Jede andere Sünde, die der Mensch tut, bleibt außerhalb des Leibes. Wer aber Unzucht treibt, versündigt sich gegen den eigenen Leib."
(Paulus, erster Brief an die Korinther, Kapitel 6, Vers 18)

„Die obersten Prinzipien dieser neuen echten ‚Linken' (…) sind ‚Freiheit' und ‚Lust', verstanden als unbeschränkte Zügellosigkeit und ebenso unbeschränkter Lebensgenuss auf allen Gebieten, in erster Linie aber auf dem des Sex."
(Kurt Port 1972: „Sexdiktatur")

„Es ist ein Verlust mit tief greifenden Folgen, wenn die heranwachsenden jungen Menschen keinen Kaplan mehr erleben, der in seiner jugendlichen Verbundenheit mit ihnen doch so oft begeistern und mitreißen konnte; der sie ermutigte, den rechten Weg immer wieder zu suchen und zu finden".
(Erzbischof Dyba + im Fastenhirtenbrief 1985)

„Seid besonders wachsam, wenn auch im Raum der Kirche moralische Verhaltensweisen … verbreitet werden, die sich weitgehend dem Triebbedürfnis der Menschen anpassen, aber die wahre Freiheit eines Christen verraten".
+ Papst Johannes Paul II: 16.1.1988 an die deutschen Bischöfe.

„Nie tritt man anderen so auf die Füße, wie wenn man den eigenen Standpunkt vertritt".
(Quelle dem Verfasser nicht bekannt. Aber er war sich dieser Tatsache bewusst, als er den nachfolgenden Text verfasste und darauf vertraute, das in einer freiheitlichen Demokratie auch eine Meinungsäußerung zulässig sein sollte, die nicht unbedingt mehrheitsfähig ist.)

Günter Mayer

Steffens letzte Ferien

Jugend 1970 zwischen überkommener Moral und dem Ungeist der „68er" Bewegung. Ein Buch über Jugendliche, jedoch kein „Jugendbuch".

**Titelbild
und Bild Seite 21**

Otto Lohmüller (Otolo)

Computertechnische Bearbeitung

Ingo Mayer

Inhaltsverzeichnis

© Günter Mayer, 67655 Kaiserslautern, Albrechtstr.18
Herstellung und Verlag:
Books on Demand GmbH, Norderstedt
ISBN 978-3-8448-7237-8
2011

Dieses Vorwort sollen alle lesen,
die jünger als 60 Jahre sind!

Die folgende Geschichte spielt im Jahr 1970, einem Jahr des Umbruchs! Die skurrilen Ideen der „68er-Bewegung"[1] hatten gerade die Universitäten verlassen und mit Hilfe der Medien ihren Siegeszug in die bürgerlichen Wohnzimmer angetreten. Eine radikale Abkehr von den bisher üblichen Denkweisen und die Verteufelung aller Autorität bewirkte besonders für die Heranwachsenden den Verlust jeder Sicherheit, denn niemand gab ihnen den erwünschten Halt. Die Eltern verstanden die neue Zeit nicht; viele Lehrer wollten „fortschrittlich" sein („links" waren die meisten ohnehin) und trugen so zur Unsicherheit bei. Zum ersten Mal in der Geschichte der Bundesrepublik stand ein Sozialdemokrat der Regierung vor und viele erhofften sich hiervon eine „neue Republik", ohne richtig zu wissen, wie diese aussehen sollte.

Die neue Bewegung wandte sich gezielt gegen die bisher geltende bürgerliche Sexualmoral und sogar die Freigabe „Sex mit Kindern" wurde von ernst zu nehmenden Kreisen gefordert[2]. Man wollte einfach die gesamte bürgerliche Ordnung umkrempeln und da erschien diesen Leuten die Beseitigung jeder überlieferten Sexualmoral als Hebel für die Zerstörung der bürgerlichen Gesellschaft besonders geeignet. Die Kirche, im Spannungsfeld zwischen überkommener Moral, übertriebener Prüderie und dem so genannten „Geist des Konzils"[3] (den leider auch viele kirchliche Mitarbeiter als Öffnung gegenüber dem Zeitgeist missverstanden), glaubte, durch Lockerung gegenüber bisher gepredigten Moral die jungen Leute an sich binden zu können, statt durch eine klare Haltung diesem Ungeist entgegen zu treten. Zwar gab es damals noch einige Priester, aufgewachsen im „vorkonziliaren Geist", welche sich dieser Sexwelle widersetzten und die auch junge Leute hierzu aufriefen. Eine gemeinsame und eindeutige Haltung der christlichen Kirchen hierzu gab es aber leider nicht.

---

[1] Dazu Anmerkung 1 im Anhang Seite 107.

[2] Einzelheiten dazu „Der Spiegel" Nr. 25/2010, Seite 40 ff; auch das Buch „Die missbrauchte Republik" (siehe Bücherverzeichnis).

[3] Es ist dies eine Art „Klopfgeist", den jeder nach Belieben herbeirufen kann.

Es versteht sich von selbst, dass die Neugierde der heranwachsenden Jungen und Mädchen von dieser Sexwelle geschürt wurde und der Anreiz zum Ausprobieren gewaltig war, nachdem die bisherigen Hemmungen allgemein als überholt abgetan wurden. Gegenüber heute waren jedoch die äußeren Umstände hierfür nicht günstig. Das Risiko, sich mit AIDS zu infizieren, war als Regulativ noch nicht bekannt und die Angst vor den überkommenen Geschlechtskrankheiten war nicht groß. Das einzige Risiko bei frühem Sex, das man zu bedenken hatte, war, ein Mädchen zu schwängern[4]. Gerade hatte das Bundesverfassungsgericht der Abtreibung per Fristenlösung eine Absage erteilt und im „Notfall" blieb nur ein illegaler, strafbarer Eingriff mit allen Risiken oder eine Reise nach England, wo eine Abtreibung damals schon relativ leicht zu erreichen war. Damals gab es in vielen Schulen als Zeichen fortschrittlichen Denkens einen Zigarettenautomaten; Präservativautomaten in der Öffentlichkeit gab es aber kaum. (Heute ist es eher umgekehrt). Dieses Verhütungsmittel erhielt man – ob der Hemmschwelle für Jungen nur schwer zugänglich – in der Apotheke oder gelegentlich im Herrenklo von Kneipen. Oft genug war bei den frühen geschlechtlichen Kontakten als einzige „Vorsorge" nur „aufpassen" vorgesehen und geeignete Orte für die ersten Erfahrungen auf diesem Gebiet waren selten.

Homosexualität war zwar damals nicht mehr allgemein[5] strafbar, aber immer noch geächtet. Wer als Junge im Alter von ungefähr vierzehn bis sechzehn Jahren dessen verdächtigt wurde, war in Kameradenkreisen isoliert.

Lehrstellen, besonders in den damals begehrten Berufen, waren nicht leicht zu haben, wenn auch in Einzelfällen engagierte Lehrer sich über persönliche Kontakte bemühten, für ihre guten Schüler auch geeignete Lehrstellen zu finden. Nicht selten wurden (auch in der Schule) die künftigen Lehrmeister als „Ausbeuter" denunziert, denen man sich durch Einforderung „der Rechte"

---

[4] Dazu Anmerkung 2 im Anhang Seite 110.

[5] Strafbar nur noch, wenn ein Mann über 21 Jahren mit einem Mann (Jungen) unter 21 Jahren „tätig" wurde. Die neue Bundesregierung hatte damals sofort das Strafrecht „reformiert".

widersetzen müsse. Von den Pflichten des Lehrlings[6] war aber keine Rede. Dass sich dies auf die Zahl der Lehrstellen negativ auswirkte, da sich zunehmend die Handwerksmeister mit den so indoktrinierten Jugendlichen nicht belasten wollten, liegt auf der Hand. Dazu kam die Tendenz, statt Lehre lieber gleich viel Geld zu verdienen.

Die Bindung junger Leute an Jugendverbände und vor allem an die Sportvereine war zwar stärker verbreitet als heute, aber gegenüber den früheren Jahren schon im Rückgang begriffen. Die Auflösung der Familien durch Trennung und Ehescheidung war bereits ein Problem. Wo die Familie noch intakt war, wurde den jungen Leuten (auch von „fortschrittlichen" Pädagogen!) „Widerstand" gegen deren Autorität gepredigt. Kein Wunder, dass viele Jugendliche orientierungslos und voller Ängste in die Zukunft schauten.

In dieser Zeit spielt unsere Geschichte. Eine Autobiografie ist sie natürlich nicht; der Verfasser war damals immerhin schon 36 Jahre alt. Die Handlung als solche und alle beteiligten Personen sind erfunden, nicht aber viele ihrer Erlebnisse! Wer dies alles „zu dick aufgetragen" findet, möge bedenken, dass der Verfasser die Erlebnisse von mehreren Jungen über einen längeren Zeitraum hinweg auf wenige Personen übertragen und auf ein paar Wochen konzentriert hat. Auch hat sich nicht alles am gleichen Ort ereignet, weshalb konkrete lokale Angaben vermieden wurden. Zu den Quellen siehe nächste Seite!

Der Verfasser hat bei Fahrten und Wanderungen mehr als einmal angesichts geschichtlicher Relikte reges Interesse der Jungen an geschichtlichen Ereignissen (vor 1933) erlebt und gleichzeitig lebhaftes Bedauern, dass man davon bisher „nie etwas gehört habe". Deshalb und wider das Vergessen sollen auch Ereignisse aus der damaligen und auch aus längst vergangener Zeit besonders jüngeren Lesern vermittelt werden, was leider der Geschichtsunterricht auch heute noch oft versäumt. Ältere sollen an die Jahre nach 1968 und ihre Ereignisse erinnert werden, falls sie dies alles schon vergessen haben.

---

[6] Heute – zeitgeistgerecht – „Auszubildender" genannt.

Der Verfasser stellt sich und seine Quellen vor:

Ich war beruflich „Rechtspfleger" bei einem Amtsgericht, davon einige Jahre beim Vormundschaftsgericht und habe dort allerhand zu diesem Thema erfahren. Gleichzeitig hatte ich als Leiter in einem großen Jugendverband enge Kontakte zu sehr vielen Jungen dieses Alters, die mir bei Fahrten, Lagern und Freizeiten und bei den Treffen in späteren Jahren oft recht freimütig über ihr damaliges Denken und Erleben berichteten. All dies, was viele Jungen erlebt und mir erzählt haben, wurde mit erfundenen Personen zu einer Erzählung verwoben. Dabei habe ich die einzelnen Ereignisse in die frei erfundene Geschichte so eingebettet, dass niemand auf eine Person oder einen Ort Rückschlüsse ziehen kann.

Soweit – besonders für jüngere Leser – die erwähnten Ereignisse nicht mehr als allgemein bekannt vorausgesetzt werden können, erfolgt eine Erklärung im Anhang. Dort ist auch von mir verwendete und weiterführende Literatur aufgezeigt.

Der Verfasser dankt zunächst Herrn Otto Lohmüller (Otolo), der ihm das Titelbild und das Bild auf Seite 21 gemalt hat und der ihm als ehemaliger Führer eines Trupps von Jungpfadfindern im Geist der Jugendbewegung verbunden ist. Seine Bücher über die Abenteuer der Jungpfadfinder sind auf Seite 123 vorgestellt. Mein Dank gilt auch Frau Redakteurin Felizitas Küble, welche für mich Korrektur gelesen und das Buch sprachlich verbessert hat. Weiter bedanke ich mich bei meinem Mitarbeiter Ingo, ohne dessen technische Kenntnisse das Buch nicht entstanden wäre und auch bei den ehemaligen Mitstreitern in der Jugendarbeit, welche das Manuskript gelesen und mir gute Tipps gegeben haben.

Nicht zuletzt aber danke ich all den Jungen, die mir vor vielen Jahren über ihr Denken und ihr Erleben freimütig erzählt haben und von denen schon manche die Reise in die Ewigkeit angetreten haben. Zwar habe ich – altersbedingt – die meisten Namen bereits vergessen, aber die Erinnerung an sie habe ich mir bewahrt.

Günter Mayer

Die große Enttäuschung

Eigentlich sollte Steffen ein fröhlicheres Gesicht machen! Heute war Sommeranfang und seit gestern war die Schule vorbei. Nicht nur wie in früheren Jahren zu Beginn der Ferien, nein diesmal für immer! Eine Ansprache des Rektors, Zeugnisse aushändigen, Händedruck und gute Wünsche vom letzten Klassenlehrer, anschließend Abschied von den Schulkameraden, von denen man sicher manche so rasch nicht mehr treffen wird.

Als Steffen am Abend seinen Eltern das Zeugnis zeigte, war für ihn die Welt noch in Ordnung. In einem der Hauptfächer eine Drei und sonst nur Zweier. Nur in Gemeinschaftskunde eine Fünf. Deshalb machten ihm die Eltern keinen Vorwurf. Sie wussten ja, warum! Dieses Fach betreute der Religionslehrer, ein Theologe, der in der Nazizeit kurzzeitig inhaftiert war und dessen Unterricht fast nur darin bestand, über die damalige Zeit zu erzählen und darüber zu schimpfen. Wie er zur Demokratie stand, war kaum einzuschätzen, da er nur immer wieder erklärte, gegen was er sei[7] – und nie, wofür er eigentlich eintreten wolle. Eines Tages hatte Steffen ihn gefragt, ob man nicht auch einmal etwas über das Leben unter Stalin und in der „Ostzone" erfahren könne und seitdem war er bei ihm „unten durch", zumal er nicht „DDR" gesagt hatte. Im Fach „Religion" war das nicht schlimm, da gab es keine Noten, sondern nur den Vermerk „teilgenommen". Aber im Fach "Geschichte und Gemeinschaftskunde" musste man eine Arbeit schreiben und diese hatte er damals verbaut. An das Grinsen im Gesicht des „Pädagogen" bei der Rückgabe der Arbeit erinnerte sich Steffen noch heute!

Steffen wollte Automechaniker werden. Sein Fachlehrer für Werken hatte ihm ausdrücklich sein technisches Verständnis und das ungewöhnliche Geschick im Umgang mit Werkzeugen bescheinigt und auf dessen Vermittlung hatte er in den Osterferien in ei-

---

[7] Ratschlag an alle Leser: Misstrauen Sie allen, die nur sagen, **gegen** was sie sind; nicht aber, **wofür** sie eintreten wollen.

ner kleinen Werkstatt gearbeitet. Der Inhaber war KFZ-Meister und durfte Lehrlinge ausbilden. Dessen Vater war bei den Soldaten Schirrmeister[8] gewesen und half in dem Minibetrieb, der alle Marken und vor allem auch Zweiräder reparierte. Der Betrieb hatte eine Tankstelle, die noch auf dem Stand der 50er Jahre war. Aber gerade deshalb kamen viele Besitzer von „Zweitaktern", weil sie dort noch das jeweils von ihnen gewünschte Ölgemisch[9] aus der Mischkanne bekommen konnten. Und da erwies sich Steffen als wichtige Hilfe! Die Umrechnung des Mischverhältnisses nach den Angaben der Kunden war für ihn nicht schwer; seine immer fröhliche Art kam bei den Leuten an und viele wollten nur von ihm bedient sein. Sein Meister war zufrieden und rechnete aus, dass sich ein so produktiv einzusetzender Lehrling für den Betrieb rentiere und versprach ihm bei einem guten Abschlusszeugnis einen Lehrvertrag.

Gerade war er dort gewesen, um sein Zeugnis vorzuzeigen. Aber die Werkstatt war geschlossen. Von Nachbarn erfuhr er die traurige Wahrheit. Die Benzinfirma hatte wegen des geringen Umsatzes die Lieferung eingestellt und der Vater war krank geworden und konnte nicht mehr mitarbeiten. Da hat der Meister kurzerhand die Werkstatt geschlossen und sich irgendwo eine Arbeit gesucht. Aus der Traum von der Lehrstelle! Jetzt war der Markt „abgegrast" und kaum noch eine Chance, einen Ausbildungsbetrieb zu finden.

Steffen warf einen flachen Stein über den Weiher. Aber dieser schlug nur dreimal auf, bevor er versank. Im gleichen Augenblick flog ein weiterer Stein und eine Stimme sagte „Sieben Aufschläge". Als sich Steffen umdrehte, stand hinter ihm ein fremder Junge – und dieser sah die Tränen in Steffens Augen.
„Bist Du noch immer traurig über die Niederlage?"

---

[8] Der „Schirrmeister" beim Militär ist ein KFZ-Meister (meist im Range eines Hauptfeldwebels), der für den Fahrzeugpark verantwortlich ist. Das Wort stammt noch „von den Pferden", also „Geschirr".

[9] Hierzu siehe Anmerkung Nr. 3 im Anhang Seite 111.

Steffen gab ihm keine Antwort, weil er den Fremden nicht verstand.

„Na ja, es war ein tolles Spiel".

Jetzt verstand Steffen, was der Junge meinte. Die deutsche Nationalmannschaft hatte bei der WM[10] das Endspiel verpasst und war nur Dritter geworden.

„Bleib mir vom Hals mit Fußball! Ich habe anderen Kummer!"

„Kein Fußball? Hier reden doch alle nur über das Spiel gegen Italien! Ebenso wie früher bei uns über das Endspiel!"

Steffen schaute den fremden Jungen verständnislos an! Er begriff einfach nicht, was dieser meinte. Aber irgendwie gefiel er ihm und außerdem hatte Steffen das Bedürfnis, über seinen Kummer mit jemand zu reden, bevor er alles den Eltern erklären musste.

„Welches Endspiel?"

„Na das von 1954!"

„Aber das haben wir doch gewonnen!"

„Ja, das habt ihr gewonnen – und damals waren alle traurig bei uns! Haben mir meine Eltern erzählt!"

„Bist Du kein Deutscher?"

„Nein, ich bin Ungar! Übrigens heiße ich Franz! Und weil ich Ungar bin, heiße ich …" Er nannte einen in Ungarn weit verbreiteten Namen. „Und wie heißt Du?"

Steffen nannte seinen Namen und erzählte dann von dem Unglück, das ihm widerfahren ist. Und dass es kaum möglich sein wird, jetzt noch eine Lehrstelle zu finden. Und auch die neue Regierung habe immer noch nicht für genügend Lehrstellen gesorgt.

„Mein Vater sagt immer, dass jetzt die SPD regiere, habe er überhaupt noch nicht gemerkt"

„Ja, euer Willi[11] hat nur die DDR im Sinn! Dort lässt er sich feiern und in der Bundesrepublik will er nur das Wahlalter absenken, damit er demnächst wieder gewählt wird!"

---

[10] WM in Mexiko 1970. Deutschland verlor in einem dramatischen Halbfinale nach Verlängerung mit 4:3 gegen Italien und wurde nur Dritter (1:0 gegen Uruguay).

[11] Hierzu Anmerkung 4 im Anhang Seite 111.
Am 30.7.1970 wurde das Wahlalter von 21 Jahren auf 18 Jahre abgesenkt.

„Meine Mutter lacht darüber! Wer mit achtzehn Jahren kein So-
zialdemokrat sei, habe kein Herz! Wer aber mit achtundzwanzig
Jahren immer noch Sozialdemokrat sei, der habe keinen Ver-
stand!"
Beide lachten.
„Und warum wohnt ihr bei uns und nicht in Ungarn?"
„Gemeinschaftskunde Note 5!"
Steffen hatte ihm gerade sein Zeugnis gezeigt. Aber diesmal kam
kein Lachen auf!
„Wohl nichts vom Volksaufstand[12] in Ungarn gehört!"
Steffen hatte im Unterricht davon gehört. Aber nur, dass es eine
von Imperialisten geschürte Revolution gegen die Ordnung der
demokratischen Volksrepublik gewesen sei. Und das konnte er
seinem neuen Bekannten nicht gut sagen!
„Kaum! Wurde in der Schule nur kurz erwähnt".
„Wundert mich nicht! Damals hat uns ja niemand geholfen und
vor zwei Jahren in Prag[13] waren eure Landsleute von drüben
eifrig bei der Unterdrückung mit dabei".

Und nun erzählte ihm Franz von dem erbitterten Freiheitskampf
des ungarischen Volkes gegen die Sowjetmacht und Steffen war
sehr betroffen. Die Familie von Franz musste im Anschluss an
die Niederschlagung des Aufstandes fliehen und fand in Deutschland eine neue Bleibe.
„Ich war damals gerade ein Jahr alt. Erinnern kann ich mich nicht
mehr. Im Leiterwagen wurde ich von meinen Eltern und meinen
Geschwistern über die Grenze gefahren! Wir wohnten dann in X."
Franz nannte eine kleine Stadt, einige Kilometer entfernt.
„Dann konnte mein Vater hier ein kleines Geschäft eröffnen! Wir
machen alles, was für die Großen zu klein ist! Mein Vater hatte
Schreiner gelernt. Wir reparieren Möbel und machen Schreiner-
arbeiten, alles, was man noch mit der Hand und ohne Maschinen

---

[12] Hierzu Anmerkung 5 im Anhang Seite 111.
[13] Im August 1968 schlugen Sowjettruppen mit Hilfe der „Bruderstaaten",
auch der „DDR", den Aufstand in Prag nieder, wo man ebenfalls mehr
Freiheiten haben wollte.

machen kann. Aber auch Abriss, kleine Mauern bauen, verputzen, tapezieren, Platten legen. Eben aller Kleinkram, der so anfällt und den die anderen nicht machen wollen! Ich blieb bei der Oma, um einen Schulwechsel zu vermeiden. Aber das ist ja jetzt vorbei."

„Und nun? Suchst Du auch eine Lehrstelle?"

„Keine Angst, ich mache Dir keine Konkurrenz! Ich will ja Koch werden und da finde ich eher etwas als Du! Bis ich etwas gefunden habe, muss ich beim Vater helfen! Bisher hatte meine Bruder dem Vater geholfen, aber der hat jetzt eine richtige Arbeit gefunden und hat dafür kaum noch Zeit".

„Mein Vater hat mir erlaubt, einige Wochen Ferien zu machen. Dann sollte ich bis zum Lehrbeginn[14] etwas Geld verdienen!"

„Ja, das wird jetzt wohl einige Zeit dauern…"

Beide schwiegen. Steffen sagte dann, dass es für ihn an der Zeit sei, nach Hause zu gehen und sich von den Eltern trösten zu lassen.

„Was werden Deine Eltern jetzt sagen?"

„Sie werden traurig sein. Aber sie werden mir keine Vorwürfe machen! Ich kann ja nichts dafür!"

„Meinem Vater wäre es ganz recht, wenn ich keine Lehrstelle finden würde. Er erlaubt mir zwar, eine Lehrstelle zu suchen, aber es wäre ihm recht, wenn ich keine finde. Er könnte mich in seinem Betrieb gut brauchen, denn er hat viele Aufträge, die noch erledigt werden sollen, bevor es kalt wird. Mein großer Bruder hat seine Arbeit und meine Schwester ist schon verheiratet; ich werde in einigen Wochen ‚Onkel'. Und weil ich schon so gut tapezieren und Platten verlegen kann, wäre ich für ihn der richtige Helfer. Aber ich will schon Koch werden, seit ich zehn Jahre alt bin und manchmal koche ich sogar für die Familie, damit meine Mutter Zeit hat, neben all der anderen Hausarbeit auch noch den Schreibkram zu erledigen und die Rechnungen zu schreiben."

„Kann Deine Mutter das?"

„Ja, in ihrer Familie wurde auch deutsch gesprochen. Ganz früher

---

[14] Damals üblicherweise am 1. September.

hat doch Ungarn zur deutschen Monarchie[15] gehört, wie Du doch bestimmt weißt!"

Steffen hatte davon noch nie gehört, aber er nickte eifrig!

„Ach, deshalb kannst Du so gut deutsch sprechen!"

„Als wir aus Ungarn kamen, konnte ich ja so gut wie überhaupt noch nicht sprechen. Und dann hat meine Mutter darauf bestanden, dass mit mir nur deutsch gesprochen wird. Mein Vater war darüber erst unglücklich. Aber als er einsehen musste, dass wir wohl für immer in Deutschland bleiben müssen, hat er selbst damit begonnen, deutsch zu lernen. Wir waren ja so froh, in eurem Land leben zu dürfen und das kann man auch nur richtig, wenn man die Sprache des Landes versteht."

Beide schwiegen und Steffen dachte darüber nach, wie es wäre, wenn er jetzt plötzlich im Ausland leben müsste. Dann unterbrach Franz das Schweigen:

„Hast Du auch Geschwister?"

„Ja, einen Bruder. Er ist dreizehn Jahre alt und heißt Michael. Wir rufen ihn aber nur „Micha".

„Können wir uns nicht morgen wieder treffen? Da bewilligt mir mein Vater einen freien Tag!" meinte Franz.

„Ja, einverstanden!" Steffen war froh über diese neue Bekanntschaft.

„Komm mit dem Fahrrad und bringe Badezeug mit! Das heiße Wetter muss ausgenutzt werden!"

„Wo treffen wir uns?"

„An der Klosterkirche". Dort wohne ich in der Nähe!"

„Ja, ich weiß, wo das ist!"

Sie trennten sich und als Steffen nach Hause ging, hatte er das Gefühl, einen neuen Kumpel gefunden zu haben. Er wusste aber noch nicht, dass ihm die ereignisreichsten Ferien seines Lebens bevorstanden.

---

[15] Franz meinte die Habsburger Monarchie (Österreich-Ungarn), die nach dem Ersten Weltkrieg von den Siegern aufgelöst wurde. („K.u.K. Monarchie")

Die fremden Jungen

Es war ein trauriger Abend, als Steffen seinen Eltern alles erklärte. Aber sein Vater nahm ihn in die Arme und sprach ihm Mut zu. „Nicht den Mut verlieren! Wir werden weiter suchen! Vielleicht haben wir Glück und irgendwo tritt ein Lehrling seine Stelle nicht an. Bis dahin suchen wir für Dich eine Arbeit; am besten bei einem Betrieb mit Tankstelle als Tankwart[16]. Und wenn es in diesem Jahr nicht klappt, dann im nächsten Jahr. Wir können dann frühzeitig suchen – und die Erfahrung als Tankwart hilft vielleicht dabei."

Noch nie hatte Steffen so gespürt, wie gut es war, in einer Familie eingebunden zu sein. Jetzt hatte er wieder Zuversicht. Auch sein Bruder Micha, dreizehn Jahre alt, versuchte, ihn zu trösten. Ja, Micha und er waren ein Herz und eine Seele. Steffen konnte sich kaum erinnern, einmal mit ihm gestritten zu haben. Micha würde sich eher selbst verprügeln lassen, als Steffen zu verpetzen – und umgekehrt natürlich auch! Dabei waren sie völlig verschieden. Steffen hatte das handwerkliche Geschick des Vaters geerbt, das Micha ganz abging. Auf ihn war aber die Intelligenz der Mutter gekommen. Er besuchte die sechste Klasse einer Realschule und war einer der besten Schüler. Die Eltern waren stolz auf ihren Jüngsten und Steffen auch. Und er musste auch nicht neidisch auf den jüngeren Bruder sein, weil der Vater immer wieder das handwerkliche Geschick seines älteren Jungen lobte.

Am nächsten Morgen fuhr Steffen zu einigen Betrieben, die KFZ-Lehrlinge ausbilden. Natürlich waren alle Stellen besetzt. Aber er durfte die Telefonnummer seiner Eltern hinterlassen. Wenn doch noch etwas frei wird….

Nachmittags war Steffen schon lange vor der vereinbarten Zeit am Treffpunkt. Auf dem Hof der Klosterkirche waren einige Jungen damit beschäftigt, unter der Leitung eines jungen Mannes ein eigenartiges Zelt aufzubauen. Es war ganz schwarz, oben offen

---

[16] Selbstbedienung an Tankstellen war damals noch nicht allgemein üblich. ARAL eröffnete die erste dieser Tankstellen erst 1969.

und hing an drei Stangen wie an einem Galgen. Steffen stellte sein Rad ab und drückte sich an den Zaun. So ein Zelt hatte er noch nie gesehen. Einer der Jungen sah ihn und winkte ihm zu. Die Tür zum Hof war offen und da ging Steffen einfach zu den Jungen. Und die hatten nichts dagegen, dass er ihnen zuschaute.
„Warum ist das Zelt oben offen?"
„Damit man darin auch Feuer[17] machen kann. Der Rauch zieht dann nach oben ab!"
Nun wurde das Zelt wieder abgebaut. Steffen erfuhr, dass die Jungen mit dem jungen Mann, ihrem Gruppenführer, morgen ins Zeltlager fahren werden und deshalb noch einmal das Zelt aufgebaut hatten. Und dann kam ein anderer Mann im schwarzen Gewand, offenbar ein Kaplan. Steffen wusste aus der Schule, dass die Katholischen zu einem jungen Pfarrer „Kaplan" sagen. Er war evangelisch. Aber seine Eltern hielten nichts von der Kirche und zum Konfirmandenunterricht hatte er sich nicht angemeldet. Im Religionsunterricht hatte er allerlei über die bösen Kapitalisten und das Unrecht in der Welt, aber nie etwas über Gott gehört und die Kirche war für ihn eine fremde Welt. Aber dieser Kaplan machte einen so netten Eindruck auf ihn, dass er sich auf einmal dafür interessierte, was diese Jungen eigentlich so treiben. Und als sie dann die Zeltplanen wieder säuberlich zusammengelegt hatten und in das angrenzende Haus gingen, lief er einfach hinterher. Niemand verwehrte es ihm. Es war, wie wenn er dazu gehören würde! Steffen wusste selbst nicht recht, was er tat, aber dann saß er mitten unter den fremden Jungen in einem Raum, wo die Stühle im Kreis aufgestellt waren. Zuerst wurde ein Lied gesungen und dann redete der Kaplan über Gott. Bei ihrem Abendgebet sollen alle darum bitten, dass Gott in den bevorstehenden Lagertagen seine schützende Hand über sie halte. Irgendwie hatte Steffen den Eindruck, dass die Worte des Kaplans die Jungen nicht besonders beeindruckten. Wahrscheinlich hatten sie dies alles schon oft gehört. Aber für Steffen war das neu. Es soll also einen Gott geben, der alles machen kann und alles hört und sieht – und vor allem, den man bitten kann.....

---

[17] Die Jungen bauten eine Kohte auf, ein in der bündischen Jugend und bei den Pfadfinder weit verbreitetes Zelt, in welchem man auch Feuer machen kann.

16

Steffen hätte gerne noch mehr gehört, aber ein Blick auf die Uhr zeigte ihm, dass Franz wahrscheinlich schon wartete. Da die Jungen gerade wieder ein Lied sangen, konnte er leise weggehen.

Franz wartete schon am vereinbarten Platz und Steffen erzählte ihm, was er gerade erlebt hatte. Und auch, dass er eigentlich ganz gerne in so einer Gruppe wäre. Vor zwei Jahren hatte er kurze Zeit in einem Fußballverein in der C-Jugend gespielt. Nicht beim „großen FC", sondern in einem kleinen Verein, wo auch Jungen ohne besonderes Talent mitspielen dürfen. Talent zum Fußballspielen hatte er nicht, dafür setzte er sich sehr für die Mannschaft ein. Ihr Trainer, ein junger Student, lobte diesen Einsatz und war überhaupt sehr nett. Steffen ging gerne zum Training. Und dann gab es eine Auseinandersetzung mit dem Vorstand und der Student hörte auf. Als er sich von den Jungen verabschiedete, standen in aller Augen Tränen. Sein Nachfolger war der Sohn des Vorstandes, ein arroganter Wichtigtuer, und Steffen trat alsbald aus dem Verein aus.

Als Steffen mit seiner Erzählung fertig war, meinte Franz, dass da kaum etwas zu machen sei. Da müsse er katholisch werden und beichten gehen!
„Was ist ‚beichten gehen'?"
„Da musst Du dem Pfarrer alles erzählen, was du angestellt hast! Und auch die schlechten Gedanken und wenn Du – na, Du weißt schon…"
Steffen merkte nicht, dass Franz in Sorge war, seinen neuen Kumpel an die Jugendgruppe zu verlieren.

„Wohin fahren wir?"
„Ich kenne einen tollen Waldweiher in der Nähe von X. Nur ein paar Kilometer!"
Steffen war einverstanden und eine Stunde später waren sie am Weiher. Weit und breit war kein Mensch zu sehen. Die Bäume standen bis ans Ufer und das Wasser war glasklar, leider aber auch ziemlich kalt.
Rasch waren die Räder abgestellt und die Kleider abgelegt!

„Oh Scheiße!" Franz warf wütend seine Handtuchrolle auf den Boden. Er hatte seine Badehose vergessen!

„Sieht uns ja niemand hier!"

Eine Minute später war Franz nackt im Weiher und rief dem unentschlossenen Steffen zu, er solle doch auch kommen. Der hatte zwar seine Badehose dabei und bereits angezogen. War es die Solidarität oder einfach die Lust, es einmal so zu probieren. Gleich darauf war er auch nackt im Wasser und die beiden schwammen um die Wette auf die andere Seite des Weihers, tauchten und genossen den schönen Sommernachmittag. War es die einsame Natur, ihre Nacktheit oder die Freude am Leben! Jedenfalls benahmen sie sich wie kleine Jungen, bewarfen sich mit Schlamm, spritzten sich Wasser ins Gesicht und toben und balgten herum, wie Steffen dies seit Jahren nicht mehr erlebt hatte. Erst als sie froren, kamen sie wieder ans Ufer zu ihren Kleidern, um sich trocken zu reiben.

Steffen hatte noch nie nackt gebadet. Vorhin hatte er nicht lange darüber nachgedacht, die Badehose auszuziehen. Aber jetzt empfand er es als irgendwie passend, hier in dieser einsamen Natur nackt zu baden und erwog im Stillen, dies gelegentlich nochmals zu versuchen.

„Na, wie hat Dir der Weiher gefallen?"

„Toll, dürfte aber schon etwas wärmer sein. Hast Du schon einmal nackt gebadet?"

„Nein, noch nie! Aber mein Vater hat mir erzählt, dass er und seine Freunde früher in der Donau immer nackt gebadet haben – und dass der Pfarrer darüber erbost war! Und einmal waren auch Mädchen dabei! Das wurde im Dorf bekannt und hat viel Ärger gegeben."

Steffen lachte und meinte, dass dies auch heute hier noch Ärger gäbe; weniger mit dem Pfarrer als mit den Eltern und vielleicht sogar mit der Polizei[18].

---

[18] In Bayern ist das Nacktbaden außerhalb ausgewiesener FKK-Plätze durch ein Landesgesetz für Personen, die älter als 6 Jahre sind. verboten. In allen anderen Bundesländern gibt es kein ausdrückliches Verbot. Es kann jedoch nach Verwaltungsrecht, z.B. als Ordnungswidrigkeit, verfolgt werden.

Dann lagen beide, jetzt natürlich züchtig bekleidet, in der Sonne, um sich wieder etwas aufzuwärmen. Steffens Gedanken waren immer noch bei den fremden Jungen, die morgen wohl irgendwo ihr Zelt aufschlagen werden; vielleicht auch an einem so einsamen Weiher. Wie gerne wäre er in einer solchen Gruppe! Aber deshalb katholisch werden und beichten gehen?

„Du bist doch katholisch! – Gehst Du beichten?"

„Das ist lange her! Ich war überhaupt nur einmal beichten und da war ich gerade zehn Jahre alt. Ich hatte damals meinen „weißen Sonntag" und.."

„Was ist das? ,Weißer Sonntag'?"

„Ähnlich wie bei euch vor der Konfirmation gehen die Kinder eine Zeit lang zu einem Unterricht beim Pfarrer und am Sonntag nach Ostern gehen sie zum ersten Mal zur Kommunion! Diesen Sonntag nennt man eben ,Weißen Sonntag'. Mich hat das alles nicht interessiert, aber weil man da meist viele Geschenke erhält, habe ich mitgemacht! Meine Tante hat mir mein erstes Fahrrad geschenkt! Geld habe ich auch bekommen. Und da muss man eben vorher beichten gehen! Aber mit zehn Jahren gibt es da nicht viel zu sagen, mit Sex und so. Ich hatte damals einen schönen dunklen Anzug, aber den habe ich nie mehr angezogen und den hat meine Mutter bald verkauft! Seitdem war ich nicht mehr in der Kirche. Meinen Eltern haben nichts dagegen. Wie mir meine Mutter einmal erzählt hat, waren ihre Eltern sehr fromm und gingen jeden Sonntag in die Kirche. Sicher wären sie traurig, wenn …."

„Leben Deine Großeltern nicht mehr?"

„Die Mutter meines Vaters lebt noch. Sie war damals schon Witwe und ist mit uns nach Deutschland gekommen. Die Eltern meiner Mutter wollten aber damals ihre Heimat nicht verlassen. An der Grenze haben sie sich von meiner Mutter weinend verabschiedet. Sie leben nicht mehr! Ich habe sie nie gesehen, nur ein Foto …"

Beide schwiegen. Steffen sah eine Träne in den Augen seines neuen Kumpels und wusste, dass er nicht fragen durfte, warum die Großeltern nicht mehr lebten. Und er war auch froh, dass ihn sein neuer Kumpel nicht danach gefragt hatte, ob er zur Konfirmation auch Geschenke bekommen habe.

Als die Jungen gerade daran dachten, sich wieder auf den Heimweg zu machen, kamen zwei Mädchen auf Fahrrädern vorbei, etwa im Alter der Jungen und sommerlich leicht bekleidet; sehr leicht sogar! Steffen war so in seine Gedanken versunken, dass er sie erst bemerkte, als sie vor den Jungen anhielten und der Schatten auf ihn fiel.

„Gut, dass ihr nicht früher gekommen seid", meinte er, was die Mädchen kichernd zur Kenntnis nahmen. Sie konnten sich wohl denken, warum.

Aber Franz wendete sich um, erhob sich etwas und starrte sie an, ohne ein Wort zu sagen. Den Mädchen war dies offenbar unangenehm, weshalb sie gleich weiter fuhren. Franz sprang auf und schaute ihnen nach, so lange sie noch zu sehen waren.

„Hast Du die mit den schwarzen Haaren gesehen! Toll sieht die aus! Mit der möchte ich gerne einmal f...."

Steffen kannte natürlich das Wort, aber es schien ihm so ordinär, dass er es auch unter Kameraden nie benutzte.

„Hast Du schon mal mit einem Mädchen was gehabt?"

„Ganz schön neugierig, aber das erzähle ich Dir ein anderes Mal"

Steffen war es recht, dass sie auf der Heimfahrt hintereinander fahren mussten und keine Unterhaltung möglich war. So konnte er seinen Gedanken freien Lauf lassen. Gerne wäre er in so einer Gruppe, aber beichten gehen? Konfirmation und Geschenke, daran hatte er noch nie gedacht! Wenn es doch jemanden gäbe, mit dem er über alles reden könne. Vielleicht einfach zu diesem Kaplan hingehen? Kann man das, einfach so, auch wenn man nicht katholisch ist? Steffen hatte das Gefühl, dass seit gestern in seiner Gedankenwelt alles durcheinander geht – und das machte ihn unruhig.

Alles, was er an diesem Tag gehört und erlebt hatte, beschäftigte ihn so, dass er am Abend nicht gleich einschlafen konnte. Das Gespräch mit Franz; die fremden Jungen, die morgen zusammen wegfahren werden und dann irgendwo in ihrem schwarzen Zelt schlafen. Steffen erinnerte sich, im Fernsehen einen Film gesehen zu haben, wo solche Jungen rings um ein Lagerfeuer saßen und ihre Lieder sangen. Und einer der Jungen spielte auf einer

Steffen erinnerte sich, im Fernsehen einen Film gesehen zu haben, wo solche Jungen rings um ein Lagerfeuer saßen und ihre Lieder sangen (Seite 20).

Gitarre dazu. Steffens Vater konnte auf der Gitarre spielen und Steffen hatte, als er zwölf Jahre alt war, sich dafür interessiert und nicht ohne Geschick einige Griffe gelernt. Sein Vater war damals sehr stolz darauf. Aber dann, seit einem Jahr, hatte er nicht mehr geübt. Vielleicht sollte er doch wieder damit anfangen. Wäre sicher nicht schlecht, wenn man in eine solche Gruppe kommt ….

Auch der Gedanke an Gott ließ ihn nicht los. Erst musste er bei der Vorstellung lachen, dass ihm dann dieser Gott zuschaute, wenn er … Aber dann verdrängten ernste Gedanken jeden Unsinn. Wenn es also wirklich einen solchen Gott gibt, der alles hört und sieht und alles kann und den man vor allem bitten kann und der dies auch hört, dann könnte er ihm doch vielleicht dabei helfen ….

„Du Gott, wenn es Dich gibt und Du alles kannst und wenn Du mich wirklich hörst! Bitte hilf mir, dass ich eine Lehrstelle finde …"

Und als sich Steffen auf die andere Seite legte und jetzt ruhig einschlief, wusste er nicht, dass er gerade zum ersten Mal seit Jahren wieder gebetet hatte.

Susi

Als Steffen am nächsten Mittag, beladen mit den Einkäufen, die er für seine Mutter vom Markt nach Hause trug, daheim ankam, war Micha auch gerade angekommen. Er war schmutzig und verschwitzt – und hatte einen Spaten dabei. Auf Steffens Frage, wozu, antwortete er nur kurz:
„Sag ich Dir später einmal! Jetzt muss ich mich waschen!" Und er verschwand im Bad.

Micha hatte – anders als Steffen – Anschluss an eine Straßenclique, die wohl alle etwas älter als Micha waren. Aber Steffen hatte irgendwie den Eindruck, dass Micha trotzdem die Ideen für deren Treiben liefere. So kurze Antworten waren unter ihnen ungewöhnlich und Steffen hatte das Gefühl, dass Micha nicht gefragt werden wollte, wozu der Spaten gut war.

Aber dennoch kam er am Abend auf die Sache zurück.
Micha war zunächst einsilbig, aber zwischen den Brüdern gab es kaum Geheimnisse und dann erzählte er doch:
„Du kennst doch sicher das große Waldgebiet hinter dem Hohen Berg"
„Ja sicher, dort haben wir immer Indianer gespielt. Ich war natürlich der Winnetou[19]."
„Mitten drin ist ein Gebiet, in welches man vor lauter Unterholz, Büschen und Dornen kaum eindringen kann. Aber an einer Stelle geht es doch. Ja, und mitten in diesem Gebüsch ist im Boden ein großes Loch. Peter sagt, es sei ein Bombentrichter aus dem Krieg. Ja, und da haben wir das Loch noch etwas vergrößert. Ringsum lagen viele abgestorbene dünne Bäume und dann haben wir uns dort ein Höhlchen gebaut. Wir haben sogar einen eisernen Splitter von der Bombe gefunden. Den hat Andy mitgenommen, um ihn in sein Zimmer zu hängen! Wir haben mit den Stämmen und mit vielen Zweigen das Loch überdeckt und den Boden ausgelegt".
„Und wozu?"

---

[19] Für alle, die das nicht wissen: Indianer-Häuptling aus „Karl-May".

„Na, eben zum Spielen! Wir können uns dort verstecken, wenn unsere Feinde uns überfallen wollen!"

„Habt ihr Feinde?"

„Du weißt doch, die von der Färberstraße.."

„Wenn euch der Förster erwischt, gibt es Ärger!"

„Ach, dorthin kommt auch der Förster nicht!"

„Und wer gehört eigentlich zu eurer Bande?"

„Der Peter, der Andy und dann noch einige andere, die Du nicht kennst". Und jetzt bin ich müde! Gute Nacht!"

Micha ging in sein Zimmer und auch für Steffen war die Sache erledigt. Vor einigen Jahren hatte er mit Freunden auch irgendwo im Wald ein solches Höhlchen gebaut. Es war ihr „Indianerlager" und Steffen wunderte sich nur, dass Micha mit seinen dreizehn Jahren sich immer noch für solche Spiele begeistern konnte. Vielleicht wäre es besser gewesen, wenn Steffen nachgefragt hätte, wer „die anderen" sind. Nur Peter und Andy kannte er. Andy war kaum älter als Micha, aber Peter war schon bald fünfzehn und ging in die siebte Klasse der Realschule. Alle anderen Jungen der Clique waren ihm unbekannt. Und für die Spielereien von Micha und seiner Bande hatte er sich eigentlich nie interessiert.

So legte sich Steffen ebenfalls ins Bett, ohne dass er weiter über das Höhlchen und seine Verwendung nachgedacht hätte.

Am nächsten Morgen fand Steffen im Briefkasten eine mit der Schreibmaschine geschriebene und vervielfältigte Einladung vor. Die Eltern eines seiner Schulkameraden, sehr reiche Leute, werden weit wegziehen und laden zum Abschied alle Schüler und Schülerinnen der Abschlussklasse zu einer abendlichen Party in ihrem Garten ein. Die Eltern werden alles beaufsichtigen, Alkohol und Zigaretten sind nicht gestattet. Die Party soll bis nachts elf Uhr gehen und die Eltern haben einen Rücktransport per PKW für alle Teilnehmer organisiert. Der Schulkamerad gehörte nicht gerade zu Steffens besonderen Freunden, weil er faul war und sich nur auf das Geld seiner Eltern verließ. Gerald war zweimal im Gymnasium „durchgefallen" und jetzt muss er in der Nähe des neuen Wohnortes in ein sündhaft teures Internat. Die Eltern hatten erreicht, dass er bis dahin die Abschlussklasse der Hauptschule besuchen durfte. Gerald war ziemlich arrogant und Steffen wollte eigentlich absagen. Aber seine Eltern drängten ihn, sich nicht auszuschließen und so ging er am nächsten Abend hin.

Es wurde ein toller Abend! Der Garten war verwildert und die Eigentümer erklärten, dass sie schon seit einem Jahr nichts mehr darin gemacht hätten, da er jetzt ja ohnehin verkauft werden müsse!
Die Eltern hatten einen Plattenspieler mit Batteriebetrieb organisiert und als es dunkel wurde, brannten überall Kerzen in bunten Lampions. Auf einem Lagerfeuer wurde gegrillt und Limonade und Cola waren genügend vorhanden. Dann tanzten die Jungen und Mädchen um das Feuer herum und sangen die damals üblichen Schlager. Steffen dachte bei sich, dass es wohl so ähnlich bei den Jungen im Zeltlager zugehen werde. Er war froh, dass er nicht abgesagt hatte und alle waren traurig, dass um elf Uhr alles vorbei war und der Heimtransport begann.
Die Eltern hatten darum gebeten, dass am nächsten Morgen einige der Jungen beim Aufräumen helfen sollen und Steffen meldete sich, da er ohnehin nichts zu tun hatte.

Als vier Jungen am nächsten Tag alles wieder aufräumten, die Feuerstelle abbauten und die leeren Flaschen zum Abtransport bereit stellten und dann noch einmal das ganze Gelände nach weggeworfenem Abfall überprüften, fanden sie hinter aufgestellten Bohnenstangen ein benutztes Präservativ.
Klaus, der Jüngste und auch der Kleinste der Klasse, nahm einen Stecken und hielt es in die Höhe:
„Kein Normpräservativ, wie es in den Automaten verkauft wird, sondern für kleine Schwänze![20] So etwas gibt es nur in den Apotheken zu kaufen.“
Keiner hätte ihm diese Fachkenntnisse zugetraut und wortlos starrten ihn alle an, eine Erklärung erwartend:
„Meine Schwester hat mir das gesagt!“
„Toll, gib mir mal die Adresse Deiner Schwester!“

---

[20] Dazu Anmerkung 6 im Anhang Seite 112.

„Für dich zu alt! Sie ist schon neunzehn und außerdem hat sie einen festen Freund! Beide sind bei den roten Falken. Sex ist dort normal und ich kann mit meiner Schwester über alles frei reden. Sie arbeitet in einer Apotheke und hat mir einen solchen Pariser gezeigt und mir erklärt, wie man ihn anzieht".

„Hat sie ihn Dir auch anprobiert?" – Alle lachten und Klaus bekam einen roten Kopf!

„Du Ferkel! Aber wenn ich einmal Sex mit einem Mädchen haben will, bringt sie mir welche mit. Im Augenblick habe ich noch keinen Bedarf!"

Dann wurde hin- und her überlegt, wer von den Klassenkameraden sich da wohl betätigt haben könnte. Aber sie kamen zu keinem Ergebnis.

„Ein erwachsener Mann war es nicht! Für den wäre der Pariser nicht groß genug! Und außerdem, so was kauft sich nur, wer es in dieser Größe braucht" gab Klaus zu bedenken.

„Vielleicht liegt das Ding aber auch schon länger da?"

„Ja, das ist möglich, dann war es überhaupt keiner von uns!"

„Dann war's bestimmt der Gerald".

„Ja, der wird's gewesen sein! Der hat sich schon immer mit seinen Mädchenbekanntschaften wichtig gemacht!"

„Und der hätte ja auch einen Schlüssel für den Garten gehabt".

Als Steffen sich auf dem Heimweg noch ein Eis leistete, setzte sich ein Mädchen an seinen Tisch.

„Hallo Steffen, kennst Du mich noch?"

Und ob er sie noch kannte! Vor zwei Jahren spielte sie Handball im gleichen Verein, in dem Steffen war. Es ergab sich, dass das Training zur gleichen Zeit endete und als sich die Jungen nach dem Duschen gerade ankleideten, kam Susi zu den Jungen in die Dusche, erklärte kurz, dass drüben zu viel Gedränge sei, zog sich aus und duschte nackt zwischen den Jungen, die völlig sprachlos umher standen und sie anstarrten. Dann drückte sie dem noch nackten Steffen ihr Handtuch in die Hand und forderte ihn auf, ihr den Rücken abzutrocknen. Und dieser war so überrascht, dass er es unter dem Gelächter seiner Kameraden auch wirklich tat. Dann bedankte sich Susi, zog sich an und ging davon.

„Ja, sicher, Susi, ich kenne Dich noch!"

Beide lachten bei der Erinnerung an damals!

„Ich hatte um fünf Flaschen Cola gewettet, dass ich mich bei den Jungens dusche!"

„Dafür kannst Du mir jetzt eine Cola spendieren!"

Susi lachte und bestellte ihm die Cola. Auch Susi war aus der Schule entlassen und arbeitete als Küchenhilfe in einem Lokal. Sobald sie sechzehn Jahre alt ist, kann sie dort als Bedienung arbeiten.

„Lehre ist nichts für mich" sagte sie. „Ich kriege dort 200 DM mehr im Monat als meine Freundin, die Friseuse lernt - und im Betrieb geht es locker zu. Wenn Du eine Lehrstelle findest, bekommst Du noch nicht die Hälfte dessen, was ich verdiene!"

„Dafür musst Du die Küche putzen!"

„Stimmt, macht mir aber nichts aus! Und Du musst die Werkstatt kehren!"

„Ja, das gehört dazu!" Und Steffen dachte, wie gerne er das täte, wenn er nur eine Lehrstelle fände! Und dann überlegte er, was er zugunsten seiner Ansicht vorbringen könnte, um Susi von der Richtigkeit seines Vorhabens zu überzeugen.

„Unser Lehrer sagte, eine abgeschlossene Berufsausbildung sei für unsere Zukunft durch nichts zu ersetzen! Nur ungelernte Leute müssen befürchten, auf die Straße gesetzt zu werden."

„Ich mache mir da keine Sorgen. Wenn ich sechzehn bin, darf ich als Bedienung arbeiten und bekomme auch noch Trinkgeld! Und gesoffen wird immer!"

Willst Du das Dein Leben lang machen?"

„Glaub ich nicht! In ein paar Jahren heirate ich eben einen tüchtigen Handwerker! Und den schicke ich zur Arbeit und mache mir daheim ein faules Leben!"

Beide lachten und Steffen verstand den Wink.

„Weißt Du, wie viel Arbeit es macht, wenn Du Kinder kriegst?"

„Weiß ich nicht; aber ich weiß schon, wie man keine kriegt!"

Susi lachte über ihren Witz und dann erzählte ihr Steffen von der Party und wie nett es war.

„Dann komm doch übermorgen zu meiner Party! Lauter nette Boys und Girls! Du wirst nicht viele kennen; doch vielleicht kennst

Du noch den Fred vom Sportverein! Wir werden viel Spaß haben und es gibt nicht nur Limo zu trinken!"
Steffen kannte Fred noch vom Fußball her. Er wusste, dass Fred einmal sitzen geblieben ist. Später hatte er nichts mehr von ihm gehört.
„Ist der jetzt auch mit der Schule fertig?"
„Ja, der arbeitet irgendwo in einer Fabrik"

Steffen erfuhr dann, dass die Party in einem Steinbruch in der Nähe der Stadt geplant war und dass er – wenn er wolle – auch in einem der Zelte übernachten könne. Auch Heimfahrt mit dem Bus sei möglich. Von der nahen Bushaltestelle gehe jede Stunde bis Mitternacht ein Bus in die Stadt.
Steffen wollte sich noch nicht entscheiden und Susi erklärte, dass er einfach kommen könne. Man erwarte mehr als dreißig Leute und da käme es auf einen nicht an.

Als sie sich dann trennten, gab sie ihm einen flüchtigen Kuss auf die Wangen. Steffen war das peinlich, so in der Öffentlichkeit…

Am nächsten Tag traf er sich schon früh mit Franz, der heute nicht arbeiten musste. Das Wetter war immer noch sommerlich heiß und so gingen sie ins nahe gelegene Freibad. Dort waren eine Menge ebenfalls schulentlassener Jungen und Mädchen, die aber alle von einer Schule aus einer Vorstadt kamen. Steffen kannte sie nur flüchtig von gemeinsamen Sporttagen. Eine Lehrstelle, ja oder nein, war natürlich das Hauptthema des Gesprächs und Steffen erzählte sein Missgeschick.
„Geh doch mal zu…." Einer der Jungen nannte einen Namen, den Steffen noch nie gehört hatte.
„Der sucht vielleicht noch einen hübschen Lehrling" meinte lachend eines der Mädchen!
Steffen bemerkte die Ironie nicht. Jede Chance interessierte ihn und er ließ sich die Adresse sagen; ein kleiner Betrieb in der Vorstadt, von dem Steffen noch nie gehört hatte.
„Aber dann steck Dir ein Blech in die Hosen …"
Steffen merkte immer noch nichts und erkundigte sich, ob dort die Lehrlinge geschlagen werden. Brüllendes Gelächter allseits!

„Der ist doch schwul …"
Nun wusste Steffen natürlich, was „schwul" bedeutet, aber nicht so richtig, wie das geht. Deshalb lachte er mit, aber es war ein Lachen, das nur seine Verlegenheit überdeckte.

Auf dem Heimweg erkundigte er sich bei Franz, was die Schwulen eigentlich so machen.
„Wieso soll ich das wissen? Du glaubst doch nicht etwa …."
„Nein, aber wen soll ich denn fragen? Vielleicht gibt es dort tatsächlich eine freie Lehrstelle!"
„Und du willst dort wirklich hingehen?"
„Mir ist im Augenblick alles recht! Und die Lehrlinge lässt er doch sicher in Ruhe! Er würde sich ja strafbar machen!"

Als Franz merkte, wie wichtig dies für seinen neuen Kumpel war, überlegte er einen Augenblick:
„Ich will dir jetzt etwas erzählen, aber bitte versprich mir, dass du das keinem Menschen weiter erzählen wirst!"
Steffen versprach es „auf Ehrenwort" und erfuhr dann ein Erebnis von Franz, das dieser noch nie jemanden anvertraut hatte.
„Es ist einige Monate her! Mein Vater hat ein Moped und hatte mir erlaubt, wenn er dabei ist, auf einem abgelegenen Platz einige Runden zu drehen. Es war mir streng verboten, das Moped ohne ihn zu benutzen. Dann zogen meine Eltern in die Stadt und das Moped blieb bei der Oma zurück. Und da wollte ich im Hof einige Runden drehen und habe ein Pedal abgebrochen. Mein Vater hätte mich nicht geschlagen, aber er hätte jedes Vertrauen zu mir verloren und das wäre viel schlimmer als Prügel gewesen. Mein großer Bruder konnte den Schaden reparieren, aber das Pedal musste ich kaufen und das kostete 33,50 DM. Und die hatte ich nicht und niemand gab sie mir. Jeden Nachmittag nach der Schule versuchte ich irgendwo eine Arbeit zu finden, aber niemand brauchte mich. Und dann war Donnerstag und am Samstag wird der Vater nach X. kommen! Ich war am Markplatz in dem Häuschen pinkeln und da stand plötzlich ein Mann neben mir und fragte, ob ich mir Geld verdienen wolle! Ja, sagte ich, 33,50 DM! Na, Du hast ja feste Tarife, aber ich solle mitkommen. Und dann musste ich ihm – ich schäme mich heute noch – einen

herunter reiben, wobei er so laut stöhnte, dass es wohl auch die Nachbarn gehört haben. Er wollte dann noch an mir herumfummeln und von hinten an mich heran gehen, aber das habe ich nicht mitgemacht. Dann meinte er, dies sei für 33,50 DM recht wenig, gab sie mir aber. Mein Bruder reparierte das Moped und mein Vater hat nichts gemerkt. Aber ich fühlte mich unsagbar schmutzig! Und nun weißt Du, was die alles machen…"

Steffen war entsetzt! Aber dennoch fuhr er am nächsten Morgen zu der angegebenen Adresse. Ein recht ordentlich aussehender Betrieb in einem Hinterhof. Und auch der Inhaber war wirklich nett. Aber leider, er hatte keine Befugnis. Lehrlinge auszubilden. Wenn er keine Lehrstelle fände und Arbeit suche, könne er nochmals vorbeikommen.

Sehr begeistert waren Steffens Eltern nicht, als er ihnen von der Einladung zur Party erzählte. Aber sie wollten ihm nach dieser neuen Enttäuschung die Teilnahme nicht verbieten. Übernachten komme aber nicht in Betracht. Rückfahrt spätestens elf Uhr! Und Steffen versprach dies auch.
Als Steffen am Abend im Steinbruch ankam, waren schon viele Jungen und Mädchen dort, die meisten älter als er. Es dauerte nicht lange, bis Steffen den Unterschied gegenüber der Party der vergangenen Tage merkte. Viele rauchten und zu trinken gab es hauptsächlich Bier. Steffen begrüßte Fred und dann nahm jeder von ihnen eine Flasche Bier und sie setzen sich auf eine der primitiven Bänke, die dort aufgestellt waren.
„Schon lange nichts mehr voneinander gehört! Bist Du auch mit der Schule fertig?"
Steffen erzählte, wie es ihm mit der Lehrstelle ergangen ist.
„Überleg mal, vielleicht ist das gut so!"
Steffen schaute ihn überrascht an, aber Fred redete weiter:
„Ich bin bei …" – und er nannte eine große Fabrik – „als Arbeiter beschäftigt. Ich verdiene monatlich ungefähr 600 DM netto, Wahrscheinlich ist dies dreimal so viel, wie Du bekommen wirst, wenn Du eine Lehrstelle findest! Dafür musst Du länger arbeiten als ich und die ganze Drecksarbeit erledigen, welche die anderen nicht machen wollen! Werkstatt kehren, Werkzeuge wegräumen

usw. Die Handwerksmeister sind doch alles Ausbeuter! Sie beuten die Lehrlinge aus und auch die Gesellen erhalten kaum einen richtigen Lohn. Nur die Meister saufen sich einen fetten Bauch an!"

„Unser Lehrer sagte immer, dass nur Leute ohne Schulabschluss in die Fabrik gingen!"

„Das ist nicht wahr! Zwei meiner Kollegen haben Bäcker gelernt und sie sind der Meinung, dass sie bei uns ihr Geld viel leichter verdienen als bei einem Bäckermeister! Ich habe ja auch den Hauptschul-Abschluss – wenn auch ‚gerade so'. Aber eine Lehre kommt für mich nicht in Frage. In zwei Jahren bin ich alt genug, am Band zu arbeiten und dann schleppe ich mindestens tausend Eier im Monat heim – und Du hast immer noch Dein Lehrlingsgeld. Es geht doch alles nur mit Geld. Ohne Geld kriegst Du keine richtigen Weiber!"

„Und wenn die Fabrik weniger Leute braucht, fliegst Du auf die Straße!"

„Da lache ich drüber! Bei uns arbeiten mindestens zweihundert Italiener! Wenn es wirklich einmal nicht mehr genug Arbeit gibt, werden die einfach heimgeschickt!"

„Ob das so einfach geht?"

„Meine Kumpels meinen, das ginge so!"

„Schöne Kumpels hast Du! Singen die auch noch Nazi-Lieder?"
Fred lachte und brach das Thema ab.

„Jetzt wollen wir zu den anderen gehen und tanzen! Auf eines der Weiber bin ich scharf wie eine Rasierklinge!"

Dann wurde getanzt und geschmust und geknutscht. Steffen trank sonst nur ganz selten Bier und die eine Flasche genügte ihm. Zum Glück gab es aber auch Cola und Limo. Aber Steffen ging das Gespräch nicht aus dem Kopf. War es wirklich falsch, eine Lehrstelle zu suchen? Eine Schnapsflasche wurde herum gereicht, die Steffen einfach weiter gab. Mit Befremden sah er, dass Susi nicht so zurückhaltend war, sondern einen großen Schluck aus der Flasche nahm. Dann drückte sie sich beim Tanzen fest an ihn und das war für Steffen eine neue Erfahrung. Sie hatte bereits kräftig entwickelte Brüste und die Berührung mit diesen erregte ihn sehr. Nur der Schnapsgeruch aus ihrem Mund war widerlich.

Sehr bald merkte er, dass die Zelte nicht nur zum Übernachten aufgestellt waren. Einige der Pärchen verschwanden darin und es war nicht zu überhören, was da ablief. Gerade überlegte er, ob es nicht besser sei, nach Hause zu gehen, als ihn Susi an der Hand nahm und in ein Zelt zerrte. Die Überraschung war so groß, dass Steffen dies ohne Widerstand geschehen ließ. Im Zelt schlang sie die Arme um ihn und griff ihm gleich in die Hosen.
„Komm, zieh mir das Höschen aus...."
Steffen hatte sich natürlich schon manchmal vorgestellt, wie er einmal mit einem Mädchen Sex haben werde und in seinen Gedanken hatte er schon diese und jene ausgezogen. Aber das kam ihm alles zu schnell.
„Wenn ich Dir ein Kind mache..."
„Du kannst mir kein Kind machen..."
Und Susi zog ihm einfach die Hosen herunter und griff ihm zwischen die Beine. Aber Steffen reagierte nicht. Es kam keine Erregung auf und Susi merkte dies. Wütend stieß sie ihn weg und rief: „Dann nehme ich mir doch besser den Josef". Der war ungefähr dreizehn Jahre alt und schmuste wie ein Alter mit den Mädchen.
Susi kroch wortlos aus dem Zelt; Steffen zog seine Hosen wieder richtig an und folgte ihr. Die Lust an der Party war ihm vergangen und ein Blick auf die Uhr zeigte, dass er noch den Bus um zehn Uhr erreichen konnte. Als er wegging, sah er gerade noch, wie Susi tatsächlich mit Josef im Zelt verschwand und den musste sie noch nicht einmal ziehen!

Steffen fühlte sich richtig schmutzig und beschämt und ging zu Hause gleich unter die Dusche. Die beiden Jungen hatten ein gemeinsames Bad, das zwischen ihren Zimmern lag und von beiden Räumen her zu erreichen war. Natürlich konnte man die Türen von innen verschließen, aber das hat noch nie jemand getan. Als Steffen unter der Dusche stand, kam die Erregung über ihn, die im Zelt ausgeblieben war und er gab sich ihr hemmungslos hin. In seinen Gedanken führte er das zu Ende, was er im Zelt nicht geschafft hatte. Es störte ihn auch nicht, dass Micha von der anderen Seite ins Bad gekommen war und ihm zuschaute und dann wortlos wieder in sein Zimmer ging.

Später, als Steffen im Bett lag und immer noch über sein Erlebnis nachdachte, kam Micha zu ihm, erklärte kurz, er habe schlecht geträumt, habe Angst und kroch zu Steffen ins Bett. Früher, als sie noch einige Jahre jünger waren, hatte er gelegentlich Micha so trösten müssen, aber das war lange her und Micha war alles andere als furchtsam.
Eigentlich wollte Steffen ihn zurück in sein eigenes Bett schicken. Aber ihm war klar, dass das nicht richtig war, was sich da gerade ereignet hatte und dachte, dass Micha vielleicht darüber reden wolle. Er hätte doch besser die Tür verriegelt. Micha sagte jedoch kein Wort und auch Steffen schwieg. Und dann ergriff Micha Steffens Hand und führte sie in seine Hose. Dies hatte es zwischen den Brüdern noch nie gegeben! Aber nach all dem, was heute geschehen war, fand Steffen keinen klaren Gedanken und tat Micha den Gefallen.

Micha ging wieder in sein Zimmer und Steffen überlegte, ob er über dieses Erlebnis mit Micha reden müsse. Sollte er einfach so tun, als hätte nichts stattgefunden? Oder wäre es doch besser, am nächsten Tag mit Micha ein Gespräch über Sex anzufangen. Bisher hatten beide stets über alles Mögliche gesprochen, nur darüber nicht. Auch mit den Eltern konnten sie darüber nicht reden. Irgendwie dachte Steffen, dass sich Micha überhaupt noch nicht für Sex interessiere. Dabei hätte er sich doch nur daran erinnern müssen, wie das bei ihm vor zwei Jahren war! Sex war das Thema Nummer eins in der Schule und im Sportverein. Nicht wenige seiner damaligen Kameraden prahlten mit ihren Erlebnissen. Auch wenn vieles erfunden war, manches stimmte schon. Aber das Thema war nun einmal in der Familie tabu. Und jetzt dieses nächtliche Erlebnis! Noch vor dem Einschlafen nahm er sich fest vor, morgen mit Micha darüber zu reden. Aber am nächsten Tag fand er den Mut dazu nicht – und Micha tat so, als wäre nichts gewesen.

Abends erzählte er seinem Vater von dem Gespräch mit Fred.
„Diese Geldgier ist verwerflich! Man arbeitet nicht ein ganzes Leben lang nur für Geld! Es muss Dich auch irgendwie zufrieden
stellen. Du hast den Schulabschluss erreicht, Du hast gute Noten
und gute Fähigkeiten und Du willst etwas lernen! Das ist richtig
so! Lass Dich von niemand davon abbringen. Gescheite Leute
werden dies vielleicht ‚Persönlichkeit' oder ‚Selbstverwirklichung"
oder so ähnlich nennen, wie es dauernd in der Bildzeitung steht.
Ich kann das nicht so gut ausdrücken. Aber Dein Wunsch ist richtig! Wir, Deine Familie, werden hinter diesem Wunsch stehen und
Du wirst uns eines Tages dankbar dafür sein!"

Steffen war glücklich über dieses Gespräch! Jetzt waren seine
Gedanken wieder im Lot. Er war wieder davon überzeugt, dass
sein Ziel richtig war. Und dass man ohne viel Geld nicht die
richtige Frau fände, glaubte er ohnehin nicht. Denn sein Vater
war nach der Rückkehr aus der Gefangenschaft bettelarm gewesen, hatte aber für ihn und seinen Bruder die Liebste aller Frauen
geheiratet, nämlich ihre Mutter.

Franziska

Am nächsten Tag fuhr Steffen nochmals zu verschiedenen Betrieben in den umliegenden Dörfern. Ergebnis: wie gehabt! Er durfte die Telefonnummer zurücklassen, mehr war nicht!

Auf der Rückfahrt sah er ein Mädchen weinend am Rand der Straße sitzen. Vor ihm lag ein Fahrrad. Steffen hielt an und fragte, ob etwas passiert sei!
„Diese Scheiß-Kette ist gerissen!"
Und dann sah Steffen, dass die Kette am Rad gerissen war und sich in die Speichen verklemmt hatte.
„Du hast noch Glück gehabt, dass Dir nichts passiert ist!"
„Aber wie soll ich jetzt heimkommen! Ich kann ja den Bock noch nicht einmal schieben!"
„Das haben wir gleich!"
Steffen hatte immer etwas Werkzeug dabei. Es war für ihn keine große Arbeit, die Kette aus den Speichen heraus zu winden. Dann half ein Stück Draht für eine notdürftige Reparatur.
„So, wenn du langsam und ganz vorsichtig fährst und nur mit der Handbremse bremst, reicht das bis nach Hause!".
„Aber die Handbremse geht auch nicht!"
„Ja, die Kette ist schlecht; die muss erneuert werden! Das Rad muss überholt werden. Fahre ganz vorsichtig; ich fahre mit Dir, damit ich Dir helfen kann!"
Franziska, so hieß das Mädchen, lachte ihn an und gab ihm einen flüchtigen Kuss auf die Wangen! Und Steffen wusste sofort, dass er dieses Mädchen gerne näher kennen lernen würde. Aber wie?
„Morgen bringe ich den Bock in die Werkstatt! Vati wird ein bisschen schimpfen, weil ich das Rad so wenig pflege! Als Junge war sein Rad sein Heiligtum, das er ununterbrochen putzte und ölte."
Da kam Steffen eine Idee
„Dazu brauchen wir keine Werkstatt. Wir fahren jetzt heim zu Dir! Morgen kaufst Du eine neue Kette und dann fahren wir zu mir nach Hause. Dort habe ich alle Werkzeuge, um Dein Rad wieder herzurichten."

„Kannst Du das wirklich?"
„Na klar, hab ich schon oft gemacht!"

Und Steffen spürte, dass auch Franziska mehr Interesse an ihm hatte als nur die Fahrrad-Reparatur. Beide fuhren in die Stadt zurück. Franziskas Eltern wohnten in einem eleganten Haus in einem so genannten „guten Viertel", wo nur wohlhabende Leute zu finden sind. Sie war sechzehn Jahre alt, besuchte eine Realschule und ihr Vater arbeitete bei einer Bank in einer gehobenen Position. All das hatte Steffen erfahren, als er sich von ihr verabschiedete und versprach, sie am nächsten Morgen abzuholen.

Auf der Heimfahrt gingen ihm allerhand Gedanken durch den Kopf und er hatte ein Gefühl wie Schmetterlinge im Bauch. Jedenfalls war es das erste Mal in seinem Leben, dass er in einem Mädchen viel mehr sah als eine Möglichkeit zum Sex. Leider kannte er niemanden, mit dem er über seine Gefühle sprechen konnte. Sonst hätte er wahrscheinlich erfahren, dass er zum ersten Mal im Leben verliebt war.

Weder seinen Eltern noch Micha oder Franz erfuhren von dieser neuen Bekanntschaft. Steffen wollte erst noch seine Gefühle in Ordnung bringen. Er fieberte dem nächsten Tag entgegen.

Am Abend hatte Steffen Gelegenheit, richtig stolz auf seinen kleinen Bruder zu sein. In der Zeitung stand irgendetwas über das „Sudetenland" und Micha bemerkte beiläufig, dass es den Leuten dort schlimm ergangen sei. Nun kannte Steffen niemanden von dort und Micha wollte erst nicht reden. Aber dann erzählte er doch und Steffen erfuhr, dass sein kleiner Bruder, statt nur in der Gegend herum zu tollen und Unfug anzurichten, wie Steffen eigentlich geglaubt hatte, mit zwei Freunden seit Wochen eine alte Frau betreute. Am Supermarkt hatten sie gesehen, wie schwer sie an ihrer Einkaufstasche trug und hatten ihr diese nach Hause getragen. Sie hatten jedes Geldgeschenk abgelehnt und da hat sie die Frau gebeten, ihr doch gelegentlich nochmals zu helfen. Und seit dieser Zeit gingen sie ein bis zweimal in der Woche zu ihr, trugen ihr den Einkauf nach Hause, holten Holz und Kohlen aus dem Keller und trugen den Abfall in den Hof. Sie nahmen keinen Pfennig an. Aber ab und zu gab es dort Kaffee und Kuchen und die Frau erzählte aus ihrem Leben und die drei Jungen hörten andächtig zu.

„Als der Erste Weltkrieg zu Ende war, wurde unser Land von den Franzosen den Tschechen übergeben. Zwar sollte abgestimmt werden, weil wir zu Deutschland wollten. Jedoch diese Abstimmung[21] kam nie und wir waren dort Bürger zweiter Klasse. 1938 kamen wir zu Hitler-Deutschland und als dann 1945 die Russen kamen, mussten wir fliehen. Ich bin sehr früh weg, da ich Verwandte im Westen hatte. Aber was meine Freundinnen erlebt haben; das kann ich euch Jungen nicht sagen…“

Im Geschichtsunterricht hatte Steffen darüber noch nie etwas gehört. Er musste im Lexikon nachschlagen, wann der Erste Weltkrieg war[22] und beschloss, in der Stadtbücherei nach einem Buch über diese Zeit nachzufragen. Jedenfalls war er stolz auf seinen kleinen Bruder und dessen Wunsch entsprechend versprach er ihm, den Eltern nichts davon zu sagen.

Am nächsten Morgen, pünktlich zur vereinbarten Zeit, stand Steffen vor der Tür, wo Franziska schon auf ihn wartete. Zunächst fuhren beide zum Fahrradladen, wo Franziska nach Steffens Angaben eine Kette kaufte. Dann heim in die kleine Werkstatt und Steffen musste den ganzen Vormittag über arbeiten, bis das Rad wieder voll fahrbereit war. Franziska bedankte sich und da fasste sich Steffen ein Herz und erkundigte sich, ob man sich nicht wieder einmal treffen könne!

„Ja, morgen – wir könnten eine Radtour machen und wenn nicht alles funktioniert, habe ich gleich eine Hilfe!“

Steffen war begeistert. Franz hatte ohnehin beim Vater zu arbeiten, so dass er ihm gegenüber keine Ausrede erfinden musste. Termin und Treffpunkt wurde vereinbart.

---

[21] Siehe dazu Anmerkung 7 im Anhang Seite 112.
[22] Wer kein Lexikon hat: 1914 bis 1918.

„Eigentlich wollte ich morgen schwimmen gehen bei diesem hei-ßen Sommerwetter!" meinte Franziska. „Vielleicht können wir beides verbinden"

„Ja, das mache ich gerne. Ich kenne da einen Weiher, wo Du bestimmt noch nie gewesen bist! Das Wasser ist zwar etwas kühl, aber man kann dort ganz prima schwimmen!"

„Gut, also morgen um…"

Nun wusste Steffen, dass Franziska auch an ihm Interesse hatte und nicht nur an seinen Reparaturkenntnissen.

Es war eine tolle Tour am nächsten Tag. Franziska war begeistert von ihrem Fahrrad. „Es läuft fast wie von allein!" – Klar, dass Steffen dies als Lob für sich verbuchte.

Sie fuhren an den Weiher, an welchem er damals mit Franz war. Natürlich waren beide züchtig bekleidet, als sie sich in das kühle Wasser stürzten. Steffen lobte ihre tolle Figur und vor allem, wie gut sie schwimmen konnte. Auch wenn sich Steffen alle Mühe gab, sie war ihm immer einige Meter voraus.

Und als sie wieder daheim waren, wurde gleich ein Treffen für den nächsten Tag vereinbart. Jetzt wusste Steffen, dass seine Gefühle zu Franziska von ihr erwidert wurden.

Am Abend meinte der Vater, dass es jetzt an der Zeit sei, eine Arbeit zu suchen. Steffen dachte an den netten Mann, der leider keine Lehrlinge ausbilden durfte. Aber dort war keine Tankstelle und der Vater war der Ansicht, dass die Arbeit in einem Betrieb mit Tankstelle nicht nur finanziell gut sei, sondern auch eine Chance für das nächste Jahr böte. Und er hatte bereits etwas organisiert. Steffen sollte sich nächste Woche dort vorstellen. Immer noch genug Zeit für Franziska, von welcher der Vater noch nichts wusste.

Vor dem Einschlafen dachte Steffen nur an Franziska. Er hatte schon oft abends an irgendwelche Mädchen gedacht, aber eigentlich immer nur im Zusammenhang mit Sex. Und heute hatte er sie in ihrem roten Bikini gesehen. Das hätte ihn früher sehr erregt. Aber heute dachte er nur an ihre Augen und an ihr fröhliches Lachen und an nichts sonst.

Die Einladung

Als sich beide am nächsten Tag verabschiedeten, erklärte Franziska beiläufig, er möge morgen – Samstag – zu ihr zum Nachmittagskaffee kommen. Ihre Mutter sei verreist und da werde sie für ihren Vater alles richten. Und ihr Vater möchte gerne den Jungen kennen lernen, der so gut reparieren kann. Außerdem wolle er immer gerne wissen, mit wem sie sich treffe. „Er ist nun einmal neugierig, Väter sind halt so …" fügte sie wie entschuldigend hinzu.

Steffen war entsetzt! Noch nie war er zu den Eltern einer Freundin eingeladen worden, vor allem deshalb, weil er bisher noch keine hatte. Und Franziskas Eltern sind sicher vornehme, reiche Leute mit guten Manieren und er kommt aus einer Arbeiterfamilie. Er wisse ja noch nicht einmal, wie er sich dort zu benehmen habe! Aber Franziska lachte und meinte, er gefalle ihr und das genüge!

„Gefalle ich Dir wirklich, so wie ich bin?"

„Ich hatte eine Großmutter, die ich sehr lieb gehabt habe, die aber nicht mehr lebt. Die hat mir zwei Weisheiten verraten für den Fall, dass ich einmal einen Freund fände. Eine dieser Weisheiten lautet: ‚Wenn Du einen Jungen wirklich gern hast, dann versuche nicht, ihn zu ändern. Nimm ihn so, wie er ist oder lass es sein!'"

„Und die andere Weisheit?"

„Die erzähle ich Dir vielleicht später einmal!"

„Und was soll ich am Samstag anziehen?"

„Nichts!"

Steffen schaute sie entsetzt an und dann lachten beide.

„Keinen guten Anzug! Komme ruhig in kurzen Hosen, wenn es immer noch so warm ist. Mein Vater war früher Pfadfinder und im Herzen ist er es heute noch. ‚Man sei sein Leben lang Pfadfinder oder man sei es nie gewesen!' hat er zu meiner Mutter gesagt. Oben in seinem Schank hängt noch das grüne Hemd und ein Halstuch und einmal im Jahr treffen sich seine alten Kameraden und das versäumt er nie. Ich glaube, die schlafen dann irgendwo im Zelt. Jedenfalls hat er es immer im Kreuz, wenn er heimkommt. Er mag keine geputzten Stenze, sondern flotte Jungen.

Wie gerne hätte er einen Sohn gehabt und er freut sich, dass ich sportlich bin. Meine Mutter würde lieber eine Dame aus mir machen und so bemühe ich mich, beides zu sein".

Es war überhaupt nicht schlimm! Der Vater von Franziska war ein netter Mann, kein bisschen steif im Umgang und beide verstanden sich sofort. Steffen erwähnte die Jungen mit dem schwarzen Zelt und erfuhr, dass die Pfadfinder oft solche Zelte haben. Er habe als Junge mehr als einmal darin geschlafen. Dann erkundigte er sich, ob Steffen in einem Verein oder einer Jugendgruppe sei und dieser erzählte, wie es damals im Sportverein war.
„Ja, ich habe von der Sache gehört! Es muss da Anschuldigungen gegeben haben, welche sich später als haltlos erwiesen. Jedenfalls musste der Vereinsvorstand eine Ehrenerklärung abgeben. Es ist eine Schande, wie Leute, die sich für die Jugend engagieren, von irgendwelchen Neidern fertig gemacht werden. Aber isoliere Dich nicht! Es ist in Deinem Alter wichtig, auch Jungen als Freunde und Kameraden zu haben. Auch wenn man eine Freundin hat" fügte er lächelnd hinzu. „Vielleicht solltest Du den Kontakt zu den Jungen im Klosterhof wieder aufnehmen".

Als sich der Vater später in sein Arbeitszimmer zurückzog, erkundigte sich Steffen bei Franziska, ob man da wirklich katholisch werden müsse.
„Glaube ich nicht! Neben uns wohnt ein Junge, der ist auch evangelisch und ist in einer katholischen Jugendgruppe!"

Und nun brachte Steffen das Gespräch auf seine Gedanken über Gott. Er erfuhr, dass Franziska an Ostern konfirmiert wurde. Sie hatte im Konfirmationsunterricht einen sehr netten Pastor, der mit den jungen Leuten oft über Gott sprach und Franziska war froh, darüber mit Steffen reden zu können.
„Ja, es gibt einen allmächtigen Gott! Er kann unser Gebet erhören. Der Pastor sagte immer, wir sollen mit dem Beten nicht aufhören und vor allem immer dazu sagen: ‚wenn es richtig für mich ist'".

Franziska und ihr Vater bestanden darauf, dass Steffen auch noch zum Abendessen bleiben müsse. Ein kurzes Telefonat mit Steffens Eltern – und diese erlaubten es.

Während Franziska in der Küche kalte Platten für das Abendessen richtete, holte ihr Vater ein altes Fotoalbum herbei. Darin waren Fotos aus der Pfadfinderzeit und Steffen war davon angetan, wie begeistert der Vater von den damaligen Erlebnissen erzählte. Obwohl er – bedingt durch die Kriegszeit – erst mit dreizehn Jahren[23] zu den Pfadfindern kam, war er mit Herz und Seele dabei gewesen und hatte später bis zu seiner Heirat eine Jungpfadfindergruppe geführt.

„Gleich nach dem Krieg hat ein Pastor, der früher bei der CP[24] war, mit uns Jungen Pfadfinderarbeit begonnen. Erst mussten wir dies geheim halten, dann erlaubte die englische Besatzungsbehörde dem Pastor die Pfadfinderarbeit. Der Oberst war selbst früher bei den Pfadfindern gewesen, die ja ihre Wurzeln in England haben. Fahrten ins Ausland durften wir damals noch nicht machen. Dafür konnten wir überall im Wald zelten und der Pastor hatte eine alte Kohte gerettet, Auch wenn wir keine Kluft[25] hatten, waren wir begeistert dabei. Mit meinen Jungpfadfindern war ich kurz vor der Heirat in Frankreich. Manche haben uns damals dort nicht gerne gesehen; dafür habe ich Verständnis. Aber weil es in Frankreich viele Pfadfinder gibt, fällt man in Kluft weniger auf als bei uns.“

Nach dem Abendessen bedankte sich Steffen artig für den wunderschönen Tag. Der Vater brachte ihn dann sogar mit seinem Auto nach Hause.

---

[23] Es ist durchaus üblich, dass Jungen bereits ab 8 Jahren bei den Pfadfindern sind. Man nennt diese Altersstufe „Wölflinge“ und ihre Führer sind oft erwachsene Frauen.

[24] CP = Christliche Pfadfinder; ein Pfadfinderbund der evangelischen Kirche, der auch von den Nazis verboten war.

[25] Kluft = die einheitliche Kleidung der Pfadfinder, besonders Hemd und Halstuch.

Daheim angekommen, erfuhr er von seinen Eltern, dass Franz ihn gesucht habe. Es sei wichtig, habe er gesagt. Aber natürlich war es jetzt zu spät, dort noch anzurufen oder sogar hin zu gehen.

Als Steffen dann in seinem Bett lag und über den Tag nachdachte, erinnerte er sich an Franziskas Worte.

„Also Gott, ich glaube jetzt auch, dass es Dich gibt und dass Du mich hörst und dass ich Dich bitten darf! Bitte, wenn es richtig für mich ist, dass ich Automechaniker werde, dann hilf mir bitte, eine Lehrstelle zu finden. Was wäre ich froh…"

Und darüber schlief er ein.

Der nächste Tag war Sonntag und da schlief die Familie immer etwas länger. Natürlich wollte Steffen wissen, welche Neuigkeit so wichtig war und er fuhr mit dem Rad zu Franz.

Aber es war niemand daheim. Eine Frau aus der Nachbarschaft wusste nur, dass die Eltern bei ihrer Tochter seien, die ein Kind geboren habe und dass Franz verreist sei. Die Eltern werden am Abend zurückkommen, Franz aber erst in zwei oder drei Tagen. Mehr wusste die Frau auch nicht und Steffen musste sich bis zum Abend gedulden. Dann wird er wohl erfahren, was für Franz so wichtig war.

Erster Arbeitstag

Die große Neuigkeit erfuhr er am Abend per Telefon, als er sich bei den Eltern nach Franz erkundigte. Eine Tante hatte in Erfahrung gebracht, dass ein Ungar, der ein angesehenes Lokal betrieb, einen Lehrling suche und gerne einen „Landsmann" einstellen werde. Der Vater war nicht begeistert. Viel lieber hätte er seinen Sohn bei sich behalten, aber er wollte ihm diesen Wunsch dann doch nicht abschlagen. Allerdings hieß es für Franz, Abschied von zu Hause nehmen. Er musste bei der Tante wohnen, ungefähr sechzig Kilometer entfernt; eine Stunde mit der Bummelbahn. Da würde er nicht allzu oft zu den Eltern zurückkommen. Steffen gönnte seinem Freund den Erfolg! Hätte er doch auch nur eine solche Tante! Aber natürlich war er auch traurig, weil er seinen neuen Kumpel gleich wieder verlieren würde. Welch ein Glück, dass er jetzt Franziska kannte.

Zwei Tage später klingelte das Telefon und Franz war am Apparat. Es gab zwei Neuigkeiten. Die erste erfuhr Steffen sofort. Franz hatte die Lehrstelle bekommen. Der Vertrag war bereits unterschrieben. Das heißt also, er wird in einigen Tagen nach N. ziehen müssen. Bei seiner Tante wird er ein Zimmer bekommen und ringsum wohnen noch eine Reihe andere Verwandte, die drei hübsche Töchter haben – wie Franz gleich bemerkte.

Die zweite Neuigkeit erfuhr Steffen erst am anderen Tag, als er mit ihm ins Schwimmbad ging. Franz hatte Sex mit einem Mädchen gehabt. Eine dieser hübschen Töchter hatte sich erboten, ihm abends noch einiges zu zeigen und die Tante hatte keine Einwände. Zum Glück erkundigte sie sich nicht, was das Mädchen ihm alles gezeigt habe, als er recht spät zurückkam. Sie waren nicht weit gewesen. Ganz in der Nähe, in einer Scheune, stand ein nicht mehr fahrbereiter Wohnwagen und dort war es passiert. Beide hatten viel Spaß miteinander gehabt. Aber das Mädchen habe ihm anschließend gleich erklärt, dass sie immer wieder einen anderen ausprobiere und dass er so schnell nicht mehr an die Reihe käme und er solle ja nicht glauben, dass sie ihn verliebt sei.

Jetzt erzählte Steffen sein Erlebnis mit Susi. Franz meinte, dass es nur klappe und Spaß mache, wenn beide wirklich wollen.

„Die Leute sagen immer, dass die Jungen auf Sex drängen und nun haben wir beide erlebt, dass die Mädchen den Anfang machen!"

„Im Kino im ‚Schulmädchenreport'[26] ist das auch so, dass die Mädchen den Anfang machen"

„Aber diese Filme sind doch nicht jugendfrei! Warst Du …"

„Na klar, kein Problem! Nachmittags, wenn das Kino halb leer ist, drücken die ein Auge zu. Und auch Kolle[27] hat gesagt, dass die Zeit vorbei sei, wo immer nur die Männer den Anfang machen dürfen. Viele Weiber sind scharf auf Sex und warten nicht mehr, bis sie gefragt werden. Und die werden dann ganz schön handgreiflich! Ich hab das früher auch schon einmal erlebt."

Steffen schaute ihn fragend an und erwartete, dass Franz dies jetzt erzähle.

„Na gut, heute kann ich Dir das ja verraten: Ich war damals dreizehn Jahre alt. In X im Schwimmbad gab es alte Holzkabinen und es waren Löcher in den Wänden. Das haben wir natürlich gewusst und immer wieder versucht, in die Kabinen zu schauen, wenn sich die Mädchen darin umzogen. Eines Tages, es waren kaum Leute im Schwimmbad, gingen drei Mädchen in die Kabine, etwa zwei Jahre älter als ich. Natürlich schlich ich gleich an eines der Löcher. Kaum war ich dort, sprang die Tür auf und die Mädchen kamen nackt heraus und zerrten mich in die Kabine. Zwei haben mich festgehalten und die dritte hat mir die Badehose ausgezogen.

‚Oh, der hat schon einen Großen für sein Alter!'

‚Und Haare hat er auch schon dran!'

Dann rieben sie mich und als ich einen Steifen hatte und voll geil war, mussten sie mich nicht mehr festhalten. Eines der nackten Mädchen stand unmittelbar vor mir und dann war ich plötzlich bei ihr drinnen und gleich kam es mir auch!

---

[26] Unter diesem Titel wurden damals eine Reihe primitiver Sexfilme gedreht.

[27] Oswald Kolle mit seinen Filmen und Bücher galt damals als „Sexualaufklärer der Nation".

„Geh raus, du Sau! Die kleine Sau hat mich angebumst!".
„Dann warfen sie mich nackt aus der Kabine und die Badehose hinterher. Zum Glück waren keine Leute in der Nähe. Aber ich bin gleich heim gerannt und habe mich richtig ausgenutzt gefühlt".

Steffen dachte dabei an Franziska und er war froh, dass damals mit Susi nichts gelaufen war.

Der Tag des Abschieds kam. Franz hat bereits zwei Koffer gepackt und morgen wird er in den Zug steigen. Natürlich hatten sich die Jungen versprochen, Briefe zu schreiben und Franz würde ja auch gelegentlich wieder seine Eltern besuchen. Aber irgendwie spürte Steffen, dass die schöne kurze Zeit mit Franz zu Ende war. In die Erinnerung drängte sich der Gedanke an die Jungen im Klosterhof, zu denen er wieder Kontakt aufnehmen will; an Franziska und vor allem, übermorgen wird sein erster Arbeitstag sein. Neue Erlebnisse werden wohl die alten Erinnerungen zurückdrängen!

Franziska hatte Verständnis dafür, dass er diesen letzten Abend mit Franz verbringen wollte. Am Nachmittag fuhren die beiden Jungen noch einmal zu dem Weiher, wo sie damals nackt gebadet hatten. Diesmal war dies nicht möglich. Im nahen Wald hatte eine Jugendgruppe ein Zelt aufgeschlagen. Offenbar durften sie mit Genehmigung des Försters dort zelten. Sie waren jünger als Steffen und Franz, vielleicht elf bis zwölf Jahre alt und ihr Gruppenführer war höchstens siebzehn. Steffen war sehr angetan von der Disziplin der Jungen, die ihrem Führer aufs Wort gehorchten. Steffen erkundigte sich bei ihnen und erfuhr, dass es sich um eine Pfadfindergruppe handelt und dass die Jungen am Abend ein Versprechen ablegen würden. Und sie waren irgendwie stolz auf ihren Verein. Franz hatte dafür kein Interesse, aber Steffen ließ sich alles genau erklären. So ähnlich muss es auch bei den Jungen im Klosterhof zugehen – und wie gerne wäre er dabei.

Und dann war Steffen bei den Eltern von Franz eingeladen. Es ging lustig zu und gab ungarisches Abendessen. Als es dann Zeit war, Abschied zu nehmen, waren beide traurig. Sicher, sie wollten sich Briefe schreiben und gelegentlich wird Franz ja auch einmal zu den Eltern kommen. Aber sie spürten beide, dass dies alles kein Ersatz für ihre bisherige Freundschaft sein wird.

Am nächsten Tag ging Steffen zu der Firma, wo er jetzt arbeiten sollte, um sich vorzustellen und die Papiere abzuholen. Der Chef hatte wenig Zeit. Offenbar machte Steffen einen guten Eindruck auf ihn und er wollte nur wissen, wo er als Tankwart gearbeitet habe. Steffen erfuhr, dass der Vater seines damaligen Meisters inzwischen gestorben sei und der Betrieb aufgelöst wurde.
„War doch etwas veraltet! Du wirst sehen, bei uns ist vieles für Dich neu! Aber Du wirst Dich sicher daran gewöhnen!"
Dann wurde er ins Büro geschickt, wo eine junge Dame ihm die Papiere aushändigte, ihm erklärte, was alles von ihm und seinen Eltern unterschrieben werden müsse und welche Papiere er morgen mitbringen müsse. Welche Arbeitskleidung üblich sei, wisse er ja. Dienstbeginn 7 Uhr 30. Der Chef erwarte Pünktlichkeit! Und dann war er entlassen.

Am Abend war Steffen mit Franziska im Stadtpark. Als sie auf einer Bank saßen und Steffen darauf zu sprechen kam, dass morgen sein erster Arbeitstag „leider nur als Hilfsarbeiter" sei, merkte Franziska sofort, dass sie jetzt etwas sagen musste. Frauen merken eben leicht die ängstlichen Töne in der Stimme ihres Freundes. In Steffens Kopf kreiste der Gedanke, ob Franziska ihn auch dann noch gern haben würde, wenn er jetzt „nur Hilfsarbeiter"[28] ist.
„Ich bin stolz auf Dich, dass Du nun richtig arbeitest. Du bist dann ein richtiger Mann!"
„Und Du gehst in eine Realschule! Passen wir dann noch zusammen?"
Franziska legte ihre Arme um seinen Kopf und gab ihm einen flüchtigen Kuss auf die Wangen.
„Mein Vater sagt immer, er kenne viele Handwerksmeister, die einem gut florierenden Betrieb vorstehen und welche die besten

---

[28] So nannte man damals die ungelernten Arbeiter.

Kunden der Bank seien, weil sie bei ihr nie in Rückstand geraten. Und es gäbe auch Akademiker, besonders Juristen, welche nur von Ehescheidungen auf Krankenschein[29] oder ähnlichem leben".

„Ja gibt es denn so etwas? Bezahlt das die Krankenkasse?"

„Ich weiß auch nicht genau, wie das ist, werde aber meinen Vater mal dazu fragen!"

„Was willst Du eigentlich werden?"

„Meine Mutter hätte gern, dass ich das Abi mache und was studiere! Aber ich will nicht. Wenn ich gute Noten im Realschulabschluss habe, will ich bei einem Steuerberater in die Lehre gehen. Meine Mutter wird zwar schimpfen und auch ein bisschen traurig sein, aber mein Vater hat mir heimlich schon zu verstehen gegeben, dass er einverstanden ist. Er ist als Bankmensch eben Realist und in Steuern und Geld sieht er mehr Realität als in irgendeiner Philosophie. 'Dann kannst Du wenigstens später einmal bei Deinem Mann die Buchhaltung in Ordnung bringen, wenn Du einen Handwerker heiratest! Aber Handwerksmeister muss er sein! Und er muss selbständig sein! Darauf bestehe ich!'"

Franziska schaute verstohlen nach Steffen und sah an seinem Gesicht, dass er den Hinweis verstanden hatte.

„Wir werden nicht mehr viel Zeit füreinander haben!"

„Mach Dir da keine Sorgen! Nächste Woche beginnt ja für mich wieder die Schule und dann muss ich ohnehin mittags viel arbeiten! Es gibt die Abende[30] und den Sonntag!"

Als sich Steffen dann von Franziska verabschiedete und nach Hause ging, war viel Zuversicht in seinem Herzen.

---

[29] Natürlich gibt es keine Ehescheidung „auf Krankenschein". Es ist ein Spottvers in juristischen Kreisen für jene jungen Rechtsanwälte, die noch keine gute Praxis haben und darauf angewiesen sind, arme Mandanten auf Staatskosten zu vertreten. Damals nannte man dies „Armenrecht", heute „Prozesskostenhilfe".

[30] Damals war weder in der Schule noch im Beruf der Samstag durchgängig ein freier Tag.

Am nächsten Morgen war Steffen schon früher als nötig auf den Beinen. Obwohl Zeit genug war, konnte er vor Aufregung kaum richtig frühstücken. Mutter hatte die Arbeitskleidung und sein Mittagessen in eine alte große Tasche verpackt und dann ging er den Weg, den er jetzt wohl jeden Tag gehen wird.

Im Betrieb wurde er vom Meister freundlich in Empfang genommen und einem Vorarbeiter zur Einweisung übergeben. Alle Mitarbeiter waren nett zu ihm, auch die beiden Lehrlinge des Vorjahres, die demnächst stolz ihr erstes Lehrjahr beenden. Steffen muss künftig hauptsächlich die Tankstelle bedienen. Derzeit war damit auch noch ein alt gewordener ehemaliger Geselle beschäftigt, der aber in einigen Wochen mit der Arbeit aufhört. Dann wird Steffen dort fast alles allein machen müssen. Soweit er noch Zeit hat, muss er im Betrieb aushelfen. Die Tankstelle war natürlich viel moderner als jene, die Steffen kannte. Es gab richtige Tanksäulen, schon mit Tankuhren; sogar eine der Tanksäulen für „Gemisch", die aber nur zwei Mischverhältnisse ermöglichte.
„Habt ihr keine Mischkanne?"
Der alte Tankwart lachte und sagte, dass in der Abstellkammer wohl noch eine stehen würde.
Und dann kamen die ersten Kunden! Steffen gab sich alle Mühe, tankte die geforderte Menge, reinigte die Scheiben und erkundigte sich, ob Öl- oder Luftprüfen gewünscht sei. Vorerst wird der alte Tankwart noch kassieren, aber später wird auch das von Steffen zu erledigen sein. Schon am ersten Tag steckten ihm mehrere Kunden, vor allem einige nette Damen, kleine Geldbeträge in die Tasche seiner Arbeitshose und am Abend konnte er stolz zwei Mark sein eigen nennen! Das war viel mehr, als ihm sein Vater als Taschengeld pro Tag gab.

Es war für ihn schon fast Dienstschluss, als einer seiner alten Kunden von damals auf dem Motorrad vorbei fuhr, ihn sah und in die Tankstelle kurvte.
„Wird hier wieder Gemisch hergestellt?"
„Die Mischkanne steht im Abstellraum! Ich werde den Chef fragen."

„Diese Scheiß-Tanksäule gibt nur ein Mischverhältnis, das ich nicht brauchen kann. Ich muss dann Benzin und sündhaft teueres Dosenöl kaufen und daheim im Kanister schütteln. Das waren noch Zeiten, als ich bei Dir getankt habe!"
Der alte Tankwart hat mitgehört. Später sprach er mit dem Chef darüber und dieser witterte eine Marktlücke.

Dann war Arbeitsschluss für ihn. Ein anderer Tankwart wird die Tankstelle bis zum späten Abend offen halten und Steffen konnte nach Hause gehen. Erst unter die Dusche, dann Abendessen und dabei musste er den Eltern erzählen, wie der erste Tag verlaufen ist. Als er sein Trinkgeld vorzeigte, meinte der Vater, dass er jetzt ja kein Taschengeld mehr brauche, aber das war natürlich nicht so ganz ernst gemeint. Außerdem hörte Steffen nicht richtig zu, denn seine Gedanken waren bei Franziska, die schon auf ihn wartete.

Sie erwartete ihn schon mit einer Gießkanne in der Hand. Im Stadtfriedhof mussten die Blumen auf dem Grab der geliebten Oma gegossen werden. Auf dem Rückweg vom Grab kamen sie an einem Denkmal vorbei. Steffen hat es schon oft gesehen, aber nie beachtet. Seit dem Gespräch damals mit Micha interessierte er sich aber für Geschichte. Irgendwie hat er gespürt, dass dies nicht nur ein langweiliges Auswendiglernen von Zahlen, wie er es in der Schule erlebt hatte, sondern die Summe der Schicksale vieler einzelner Menschen ist. Und so blieb er am Denkmal stehen, das mit vielen Namen beschriftet war.
„Ist das vom Ersten Weltkrieg?"
Auch Franziska wusste es nicht. Sie ging näher heran und las dann: „Krieg gegen Frankreich 1870 – 1871".
„War da schon einmal Krieg?"
Aber auch das wusste Franziska nicht.
„Von den alten Römern und Griechen haben wir allerhand gehört, aber nichts aus dieser Zeit!"
„Jedenfalls sind da viele Männer elendig verreckt!"

Beide merkten nicht, dass ein alter Mann mit grauem Bart hinter sie getreten war. Er hatte auf einer Bank gesessen und war näher gekommen, als er sah, dass sich die beiden jungen Leute so für das Denkmal interessierten. Das hatte er schon lange nicht mehr erlebt.

„Ganz so schlimm war es damals nicht!"
Beide schauten ihn fragend an
„Wenn ihr das genau wissen wollt, setzen wir uns dort auf die Bank! Ich kann nicht mehr so lange stehen!"
Steffen war sehr interessiert und auch Franziska wollte das genau wissen; schon ihrem Freund zuliebe.
„Aus unserer Stadt sind damals nur fünf Soldaten ums Leben gekommen. Deren Namen stehen auf dem Denkmal. In unserer Stadt waren damals Lazarette und in denen sind mehr als fünfzig Soldaten verstorben, darunter auch drei gefangene französische Soldaten, die dort beerdigt sind …."
Der alte Mann zeigte auf ein nahes Gräberfeld, das Steffen noch nie beachtet hatte,
„… und auch deren Namen stehen auf dem Denkmal!"
„Aber dort stehen doch sicher mehr als hundert Namen!"
Der alte Herr lächelte:
„Damals war es üblich, dass die Soldaten, die wieder nach Hause gekommen sind, einen Verein gegründet und für so ein Denkmal gesammelt haben. Und dann haben sie nicht nur die Namen der Gefallenen, sondern auch noch ihre eigenen Namen eingravieren lassen. Dort stehen also auch die Namen derer, die für das Denkmal gespendet haben; als Dank für die glückliche Heimkehr. Später, nach den beiden Weltkriegen, war das nicht mehr möglich, da ja in diesen Kriegen viel mehr Soldaten gefallen sind!"
„Und warum war denn damals Krieg?"
„Und wie ist er ausgegangen?"
„Das ist eine lange Geschichte[31], für welche jetzt keine Zeit ist. Der Friedhof wird gleich geschlossen und wir müssen gehen. Habt ihr denn keine Lehrer, die ihr fragen könnt?"
„Steffen ist schon aus der Schule und unser Studienrat erzählt uns nur von den alten Griechen und Römern, weil er ein Buch darüber geschrieben hat."

---

[31] Einzelheiten dazu werden später erzählt!.

Während sie zum Ausgang gingen, meinte der alte Herr:
„Am besten würdet ihr bei Fontane nachlesen, aber diese alten Bücher gibt es nur noch im Antiquariat zu kaufen und zu Preisen, die niemand bezahlen kann. Aber vielleicht gibt es in der Stadtbücherei ein Buch zu diesem Thema!"
„Fontane? Ist das der Dichter Theodor Fontane?"
„Ganz richtig, junge Dame! Fontane war in seinen frühen Jahren Kriegsberichterstatter und hat Bücher über die Kriege 1864, 1866 und auch 1870/71 geschrieben, die man heute noch mit Interesse lesen kann. Nur leider bekommt man sie nicht mehr[32]!"
„Gab es damals dauernd Krieg?"
„Und wer gegen wen?"
„Euer Geschichtsunterricht taugte wirklich nichts! Aber ich finde es gut, dass ihr euch auch für die Zeit vor den Nazis interessiert. Also: Im Jahr 1864 kämpften für den Deutschen Bund Preußen und Österreich gegen die Dänen und 1866 stritten sich dann beide um die Beute dieses Krieges[33]"
Inzwischen waren sie am Friedhofstor angekommen und verabschiedeten sich von dem alten Herrn. Sie waren sehr angetan von seiner netten Art. Natürlich konnten sie nicht wissen, dass sie mit ihrem Interesse für Geschichte auch diesem eine große Freude bereitet hatten. Als er weg ging, murmelte er vor sich hin: „Wenn es doch noch mehr solche jungen Leute gäbe, dann stünde es besser um unsere Zukunft!"

Auf dem Heimweg wollte Franziska wissen, ob Steffens Vater damals auch bei den Soldaten war. Ihr Vater war zu jung gewesen, um noch Soldat zu werden. Er war, wie damals fast alle Jungen, im „Jungvolk" gewesen. Sein zwei Jahre älterer Bruder war bei der Heimatflak[34], aber er hatte zum Glück keine Gelegenheit gehabt, noch schießen zu müssen und konnte heimlich nach Hause gehen, als die Engländer kamen. Steffen gab nur eine ausweich-

---

[32] Inzwischen wurden Nachdrucke hergestellt, die aber heute auch schon wieder vergriffen sind.

[33] Dazu Anmerkung 8 im Anhang Seite 113.

[34] 1944-45 mussten viele Jungen im Alter von 14 bis 16 Jahren in der Heimat die Fliegerabwehrgeschütze (Flak) bedienen. Nicht wenige sind gefallen.

chende Antwort und war froh, dass sich Franziska damit zufrieden gab.

Weil Steffen dazu kaum Zeit haben wird, versprach Franziska, in der Bücherei nachzufragen. Zum Glück erwähnte sie dies aber beim Abendessen. Ihr Vater war zunächst erstaunt, wofür sich sein liebes Töchterlein plötzlich interessierte und war davon angetan, dass Steffen dieses Interesse geweckt hatte. Er ging in sein Arbeitszimmer an den Bücherschank und kam mit einem kleinen Band zurück.
„Möglicherweise gibt es Nachdrucke. Aber selbst die wären zu umfangreich für Steffen. Zunächst genügt das da. Habe ich vom Opa geerbt. Stammt aus dem Jahr 1913, aber für einen ersten Überblick reicht das aus!"
Er gab ihr ein kleines, abgegriffenes Büchlein und Franziska versprach, dies morgen Steffen zu geben. Tat sie aber nicht. Zunächst wollte sie es selbst lesen. Frauen müssen doch eben klüger als die Männer sein!

Steffen war froh darüber, dass Franziska nicht mehr über seinen Vater wissen wollte. Denn er merkte plötzlich, dass er eigentlich selbst kaum etwas wusste. Als sein Vater damals bald nach dem Ende des Krieges in das kleine Dorf zurückkam, wo er aufgewachsen war und dort seine Angehörigen alle gesund antraf, verdrängte er jede Erinnerung an die Kriegszeit und die Zeit davor und wollte nicht gefragt werden. Die Jungen spürten und respektierten dies. Alles, was Steffen von dieser Zeit über den Vater wusste, hatte er über die Mutter erfahren. Er war in dem Dorf aufgewachsen, wo heute noch Steffens Tante wohnt. Nach der Schule musste er zwei Jahre lang im kleinen Bauernhof arbeiten, bis er eine Lehre beginnen durfte; in einer kleinen Werkstatt, die Landmaschinen reparierte. Aber er konnte die Lehre nicht abschließen, weil er zu den Soldaten musste. Dort kam er zu einer Transporteinheit, wo er alles über die Reparatur und Pflege von LKWs lernte und dort den Krieg überlebte. Nur einmal hat er kurz erwähnt, dass er immer noch froh darüber sei, dass er nie auf Menschen schießen musste und dass er von Soldaten und Militär nichts mehr wissen wolle. Aus der Gefangenschaft nach Hause gekommen, fand er alsbald eine Arbeit bei der Stadt. Ihm kam zugute, dass er keine Gelegenheit gehabt hatte, in die Nazipartei einzutreten, da er ja bei Kriegsbeginn sofort zum Militär musste. 1953 heiratete er seine Jugendliebe und dann kamen die beiden Söhne. Über die Zeit nach der Heirat erzählte er gerne; aus der Kriegszeit aber so gut wie nie.

Am nächsten Tag wurde Steffen gleich morgens zum Chef gerufen. Er musste ausführlich erzählen, wie das mit dem Motorradfahrer bei der alten Tankstelle war. Steffen erklärte ihm, dass viele Kunden mit Motorrädern oft eine Mischung 30:1 haben wollen, die „Goggos"[35] sogar 25:1; die Zapfsäule aber nur 40:1 und 50:1 mische und dass diese Leute jetzt zu Hause im Kanister mischen würden. Der Chef sagte ihm, was das lose Öl aus der Tonne pro Liter kostet. Was das Benzin kostet, wusste Steffen ja – und deshalb möge er jetzt einmal rasch ausrechnen, was die Gemische von 25:1 und 30:1 pro Liter kosten. Da fand Steffen zum ersten Mal die Behauptung seines ehemaligen Lehrers bestätigt, dass man Mathematik niemals vergebens lerne, sondern immer wieder im Leben und im Beruf brauche, gleichgültig, was man mache. Nach wenigen Minuten war die Rechnung fertig. Der Chef korrigierte die Preise leicht nach oben, denn, so sagte er, Steffens Arbeit müsse ja bezahlt werden – und erlaubte dann auf Kundenwunsch mit der Kanne zu mischen.
„Viel verdienen wir daran nicht! Aber" – und er schaute zum Fenster hinaus, wo gerade ein solches Goggomobil vorbeifuhr – „die kaufen doch alle irgendwann ein richtiges Auto und sind dann als Kunden an uns gewöhnt! Vielleicht kaufen sie das Auto dann sogar bei uns!"

Das sprach sich herum. Und so kam es, dass Steffen bald wieder eine Reihe seiner alten Kunden an der Tankstelle sah, was sich auch für die Trinkgelder als förderlich erwies. Und der Chef er-

---

[35] Steffen meinte das „Goggomobil", ein Mini-Auto der Firma GLAS in Dingolfing, das zwar seit einem Jahren nicht mehr gebaut wurde, aber noch in beachtlichen Stückzahlen unterwegs war. Insgesamt wurden ca. 285 000 dieser Fahrzeuge verschiedener Typen gebaut.

wähnte kurz gegenüber dem Vorarbeiter, dass sich der Neue gut anstelle.

Eines Tages wurde Steffen in die Werkstatt gerufen. Dort lag ein kleiner defekter Motor, der auseinander genommen werden sollte. Das erledigen gewöhnlich die Lehrlinge, aber die waren heute in der Berufsschule. Die Gesellen waren zu bequem dazu und riefen „den Neuen":
„Mal sehen, ob der was kann!"
Und dann kamen sie aus dem Staunen nicht mehr heraus! Steffen hatte damals mehr als einmal zugesehen, wie solche Mini-Motore zerlegt werden und hatte es auch schon einmal allein gemacht. Ohne zu fragen, ging er ans Brett mit den Werkzeugen, nahm herunter, was er brauchte und in kurzer Zeit war der Motor geöffnet. Natürlich hat dies später auch der Chef erfahren. Leider waren die Verträge für das kommende Lehrjahr bereits längst abgeschlossen, aber im Stillen erwog er, mit dem Neuen nächstes Jahr einen Lehrvertrag abzuschließen.

Ein schlimmer Tag

Wie fast jeden Abend war Steffen bei Franziska. Heute waren sie im Volkspark gewesen. Franziska wollte dort unbedingt die Enten füttern, aber Steffen bat sie, dies zu unterlassen, weil es nicht gut für die Tiere sei.

Dunkle Wolken zogen auf und es wurde schon früher dunkel als es der Jahreszeit entsprach. Beide wollten schnellen Schrittes den Park verlassen, als ihnen ein Pärchen entgegen kam, wohl ein bis zwei Jahre älter als Steffen. Als sie aneinander vorbei gingen, rempelte der Jüngling Franziska an. Offenbar wollte er sich vor seinem Mädchen groß tun. Franziska wollte keinen Streit, sondern sagte nur, dass man sich so nicht benehme! Beide gingen weiter, aber die anderen suchten offenbar Krach.

„Hat er Dich anständig gef…" rief ihnen das Mädchen nach, „sonst lass mal meinen ran, der kann das!"

Wortlos gingen beide weiter, aber der Jüngling drehte sich um und kam hinter ihnen her!

„He, wir haben Dich was gefragt"

„Greif ihr einmal an den Busen, vielleicht hat sie dann Lust!" plärrte das Mädchen.

Und der Jüngling griff wirklich von hinten nach Franziska.

Steffen war kein besonders mutiger Junge und Auseinandersetzungen ging er gerne aus dem Weg. In der Schule hatten sie vom Turnlehrer einige Griffe zur Verteidigung gelernt, aber daran dachte Steffen nicht. Er dachte an überhaupt nichts; riss den viel größeren und kräftigen Jungen am Arm herum, so dass dieser in eine Drehbewegung kam und ließ ihn los. Der bekam einen solchen Schwung, dass er auf den Boden knallte. Offenbar hatte er sich die Hand oder den Arm gebrochen, denn er schrie erbärmlich! Auch das Mädchen plärrte los und wollte gegen Steffen handgreiflich werden, aber dieser hob die Fäuste und da ließ sie ab und kümmerte sich um ihren „Galan".

„Komm, wir gehen' meinte Franziska.

„Ihr habt da zu bleiben!" tönte laut die Stimme eines Mannes hinter ihnen. Er hatte alles mit angesehen, aber natürlich nicht im

Traum daran gedacht, einzugreifen, solange es für ihn gefährlich sein könnte. Jetzt wollte er sich aber als Erwachsener, als Autorität aufspielen! Während Steffen immer noch stumm da stand, war Franziska nicht auf den Mund gefallen:

„Und warum sind Sie uns vorhin nicht zu Hilfe gekommen?"

„Halt den Mund, Du freche Rotznase! Ich kenne Dich!"

„Wenn Sie mich kennen, dann können Sie uns auch …"

– und sie machte eine Kunstpause – „bei der Polizei anzeigen".

„Du rotziges Ding, ich schlage Dir gleich …"

Steffen hatte einen Stein aufgehoben, der dort lag und zeigte ihn demonstrativ dem Fremden, der es darauf hin nicht wagte, auch nur einen Schritt auf beide zuzugehen.

„Das traue ich Ihnen zu! Kleine Mädchen schlagen konnten Sie ja schon früher!"

Jetzt war der Mann sprachlos. Franziska und Steffen gingen weg und ließen den Verletzten mit seiner Freundin und dem immer noch schimpfenden Gutmenschen zurück.

Steffen konnte immer noch nichts sagen.

„Du bist eben sehr mutig gewesen …"

Steffen brach sein Schweigen:

„Ich habe an nichts gedacht, habe ganz automatisch reagiert. In einer solchen Lage war ich noch nie!"

„Und wenn der Kerl sich nicht verletzt hätte, sondern aufgesprungen wäre.."

„Ich weiß nicht, aber ich glaube, ich hätte ihm eher den Schädel eingetreten, als ihm die Möglichkeit zu geben, aufzuspringen und mich zusammenzuschlagen. Und diesem alten Stinker wäre ein Stein an den Kopf geflogen, wenn er Dich angegriffen hätte!"

„Du, den kenne ich! Das ist ein Grundschullehrer! Wir hatten ihn einmal vertretungsweise einige Wochen und er war sehr grob zu uns Mädchen! Er heißt …"

Sie nannte einen Namen. Dann brachte Steffen Franziska nach Hause. Und diese erzählte sofort ihrem Vater, was geschehen war.

Steffen war kaum daheim angekommen, als schon das Telefon läutete.

„Hallo Steffen, ich bin stolz auf Dich! Falls sich die Polizei meldet, verweigere jede Aussage[36] und rufe mich gleich in der Bank an! Wir äußern uns nur über unseren Anwalt!"

Aber die Polizei kam nicht. Und als Steffen Franziska am nächsten Abend darauf ansprach, erklärte sie, dass er sich da keine Sorgen machen müsse. Sie lobte nochmals seinen Mut.
„Nein, irgendwie stimmt das nicht! Ich bin kein Held und einer Schlägerei würde ich, wenn es geht, immer ausweichen. Ich weiß ja selbst nicht ..."
„Aber ich weiß es! Es gibt Situationen, in denen man handelt, ohne nachzudenken, weil man eben handeln muss! Aber das ändert nichts daran, dass ich Dich großartig fand!"
Versteht sich, dass Steffen das gerne hörte.

Erst einige Wochen später kamen sie auf das Thema zurück. Der Kerl war Steffen in der Stadt begegnet und dieser befürchtete wieder eine Auseinandersetzung. Aber es geschah nichts! Kein böses Wort, keine Drohung. Er schaute einfach in eine andere Richtung. Erst als Steffen sich Franziska gegenüber wunderte, sagte sie ihm, was da gelaufen war. Franziskas Vater erfuhr den Namen von der Polizei und er kannte den Vater des Schlägers; ein anständiger Mann, Hilfsarbeiter, ein Kerl wie eine Bär, mehr als zwei Zentner schwer! Er hatte wegen eines Kredites mit der Bank zu tun, weshalb ihn der Vater kannte - und nach einem Telefongespräch bestand Einigkeit, die Angelegenheit „unter Männern" zu erledigen. Er werde mit seinem Sohn ein Wörtchen reden! Das hieß damals:
„Wenn Du noch einmal so einen Streit anfängst, dann[37]...."

---

[36] Niemand muss bei der Polizei aussagen; weder als Zeuge noch als Beschuldigter.

[37] Und damals war es noch durchaus üblich, dass hinter dem „dann" eine gehörige Tracht Prügel stand.

Außerdem habe der „Gutmensch" einen Brief vom Anwalt bekommen und musste sich entschuldigen und die Kosten des Anwalts zahlen, „weil er meine Tochter ‚Rotznase' genannt hat" wie Franziska lachend erklärte! „Schließlich bin ich eine Dame, wie meine Mutter mir immer wieder zu bedenken gibt – und doch keine ‚Rotznase' mehr!"
Und da konnte Steffen natürlich nur zustimmen!

Am Abend bat Steffen seinen Vater, ihm die Gitarre zu stimmen. Er wolle wieder üben. Beiläufig erwähnte er, dass er gerne in einer Jugendgruppe sei. Der Vater hatte nichts dagegen und jetzt erstmals erzählte er, dass er nach 1933 in seinem Dorf bei einer Jugendgruppe war, die sich beim katholischen Pfarrer traf, wo er auch das Gitarrenspielen erlernte. Und dies, obwohl er evangelisch war; aber die Katholischen durften noch eine gewisse Zeit Zusammenkünfte halten[38], was den Evangelischen von den Nazis schon verboten war. 1936 war damit Schluss. Er musste zur Hitlerjugend, dann zum Arbeitsdienst und von dort gleich zu den Soldaten. Gerne dachte der Vater an diese Gruppe zurück. Als er aus der Gefangenschaft nach Hause kam, war keiner der damaligen Gruppenkameraden mehr da. Drei kamen erst später aus der Gefangenschaft zurück. Fünf von ihnen waren gefallen, zwei weggezogen und einen hatten die Nazis im KZ umgebracht.

---

[38] Das Konkordat zwischen dem Vatikan und dem Deutschen Reich ermöglichte der kath. Kirche, noch einige Jahre neben der Hitlerjugend solche Gruppen zu haben, bis dann die Nazis dies unter Missachtung des Konkordates verboten. Die evangelischen Jugendverbände hatten sich schon sehr früh der HJ angeschlossen. Ein „Konkordat" ist ein Vertrag zwischen Kirche und Staat.

Am Baggersee

Eines Abends erfuhr Steffen von Franziska, dass sie leider am kommenden Wochenende keine Zeit habe. Die Eltern erwarten Besuch. Ein „entfernter Vetter" ist auch dabei und die Eltern wünschen, dass sich Franziska übers Wochenende um ihn kümmere. Steffen war zwar etwas traurig, aber das musste er natürlich einsehen. Vielleicht wäre alles anders gelaufen, wenn er sich erkundigt hätte, wie alt der Vetter denn sei. Irgendwie dachte er an einen kleinen Jungen, den Franziska ans Händchen nehmen müsse.

Als er dies gegenüber Micha beiläufig erwähnte, meinte das Brüderlein, dass dies „prima' sei! Steffen war einen Augenblick konsterniert, denn dass Micha etwas prima fand, was ihn betrübte, das war neu und er schaute ihn fragend an:
„Ja, dann kannst Du Dein Versprechen halten!"
Steffen verstand immer noch nicht, was Micha meinte.
„Wohl ganz vergessen! Vor den Sommerferien hast Du mir versprochen, mit mir am Baggersee zu zelten; nur wir beide ganz allein! Und jetzt sind die Ferien schon vorbei!"
Ja, das stimmte! Der Kummer mit der Lehrstelle, der neue Kumpel Franz und vor allem natürlich Franziska! Es musste schon allerhand geschehen, bevor Steffen ein Versprechen vergaß, das er Micha gegeben hatte – und Micha wusste um den Kummer des großen Bruders und hatte bisher geschwiegen. Jetzt aber war es noch sommerlich heiß. Der Wetterbericht versprach Fortdauer des guten Wetters und wenn Franziska am Wochenende keine Zeit hat, dann ….

Steffen zögerte nicht lange:
„Einverstanden; wenn es unsere Eltern erlauben!"
„Sie erlauben es, ich habe schon gefragt!"

Der Baggersee war einige Kilometer außerhalb der Stadt. Es gab dort keinen offiziellen Zeltplatz, aber das Forstamt duldete „wildes Zelten", wenn man kein Feuer anzündete und sich auch sonst ordentlich benahm. Minderjährige mussten aber einen Zettel mit der Zustimmung der Eltern mitbringen, wenn keine Erwachsenen dabei waren.

Steffen durfte an diesem Samstag eine Stunde früher nach Hause gehen; hatte er doch in der vergangenen Woche viel länger als üblich gearbeitet, weil an der Tankstelle Hochbetrieb war. Er wollte auf dem Heimweg noch Lebensmittel für das Wochenende einkaufen und dann wollten beide sofort nach dem Mittagessen wegfahren.

Und dann sah er Franziska!
Sie war nicht allein! Der „entfernte Vetter" war dabei und es war ein Jüngling, deutlich älter als Steffen. Er hatte Franziska an der Hand und beide schlenderten durch die Fußgängerzone wie ein Liebespaar. Und dann legte er sogar noch seinen Arm um ihren Hals. Steffen blieb stehen! In seinem Inneren drehte sich alles im Kreise und er hatte das Gefühl, gleich laute Schreie ausstoßen zu müssen. Bis er Franziska kannte, war er nie in ein Mädchen verliebt gewesen! Und nun fühlte er Liebe, aber auch Eifersucht – und die war ihm ebenfalls unbekannt. Auf die Idee, nachzudenken, kam er nicht. Er hatte nur Wut im Herzen! Am Liebsten hätte er sich zu Hause in sein Zimmer verkrochen und laut geheult, aber so konnte er Micha nicht enttäuschen. Deshalb gab er sich alle Mühe, ihm gegenüber seine Gefühle zu verbergen. Er wusste, dass es jetzt für ihn sehr schwer sein wird, ein ganzes Sommerwochenende mit Micha fröhlich zu sein, während in seinem Inneren alles durcheinander ging!

Micha merkte nichts von Steffens Kummer, als beide am Baggersee ankamen und ihr Zelt aufschlugen. Micha stürzte sich gleich ins Wasser und Steffen schwamm einige Zeit mit ihm um die Wette und war nicht traurig darüber, dass Micha schneller schwimmen konnte als er.
Als aber Micha dann mit dem kleinen Schlauchboot fahren wollte, blieb Steffen am Ufer zurück und ließ ihn allein über den See paddeln. Er wusste ja, dass sein Bruder wie ein Fisch schwimmen konnte und nicht in Gefahr war.

Inzwischen hatten sie Nachbarn bekommen. Etwas weiter weg hatte eine Gruppe junger Frauen mehrere Zelte aufgeschlagen und sich gleich ins Wasser geworfen. Steffen beachtete sie zunächst nicht. Er lag im Gras und schaute über den See. Aber vor seinen Augen war kein See: Da waren nur Franziska und dieser Kerl, der sie an der Hand hielt und es wagte, seinen Arm um seine Franziska zu legen. Und da war wieder der Ärger und die Wut auf den Kerl – und auch auf Franziska!

Als die Frauen und Mädchen aus dem Wasser kamen, sah Steffen, dass eine von ihnen, sie mag vielleicht sechzehn Jahre alt sein, „oben ohne" badete und eine Badehose trug, die kaum den Stoff eines anständigen Taschentuchs verbraucht hatte. Sie war braun gebrannt und hatte schwarze Haare – und winkte Steffen zu! Steffen hatte gehört, dass am Baggersee gelegentlich so gebadet werde – manchmal sogar völlig nackt, aber gesehen hatte er dies noch nie. Als er dann auf dem Bauch lag, Hände vor dem Gesicht, zogen wieder Bilder an ihm vorbei. Nicht nur Franziska und der Vetter, sondern auch das beinahe nackte Mädchen – und dieses Bild verwandelte seine Wut in eine wilde Erregung, der er sich hingab.

Plötzlich fiel ein Schatten auf ihn und als er sich umdrehte, stand das fast nackte Mädchen neben ihm; gleich lag es neben ihm und umarmte ihn, ohne ein Wort zu sprechen. Sie musste gesehen haben, wie erregt er war – und Steffen widersetzte sich diesmal nicht. Irgendwie glaubte er, damit Franziska zu bestrafen, dass er sich jetzt dem fremden Girl so in die Arme warf. Seine Gefühle waren völlig außer Kontrolle und er ließ sich in das Zelt ziehen. Dort kam sie gleich zur Sache! Sie hatte ein Präservativ dabei und wusste, was zu tun war. Wieder tauchte vor Steffens Auge das Bild von Franziska auf, diesmal ihr Gesicht und dann ihr fröhliches Lachen, wie es Steffen liebte. Aber das Bild zersprang, wie wenn ein Spiegel zerbricht – und dann kam das Bild mit dem Vetter und das nackte Mädchen, das sich jetzt fest an ihn drückte – und dann packte ihn die Leidenschaft und Steffen hatte sein „erstes Mal".

Als die Erregung abgeklungen war und beide nackt neben-einander lagen, sah er wieder das Bild von Franziska. Wie wenn sich die Scherben zusammenfügen, sah er sie und dann zer-brach das Bild wieder und irgendwie fühlte er, dass jetzt er – und nicht sie – schuld war, wenn das Bild für immer zerbrochen blei-ben sollte.

Als das Mädchen weiter schmusen wollte, wandte er sich von ihr ab. Die Tussi[39] war sauer!

„Tut es dir leid, dass du mich gef… hast!"

Da war wieder das böse Wort, das alles noch schmutziger mach-te, als es Steffen ohnehin empfand. Er gab ihr keine Antwort.

„Na ja, es gibt noch bessere Böcke!"

Und sie verließ wortlos das Zelt. Steffen blieb liegen. So hatte er sich seinen ersten Sex nicht vorgestellt. Waren denn alle Mäd-chen so verdorben wie dieses und wie Susi? War vielleicht Fran-ziska ebenso, ohne dass er dies wusste – und war er ihr ge-genüber vielleicht zu brav? Hat vielleicht dieser „entfernte Vetter" mit ihr ….? Woher sollte er auch wissen, dass die allermeisten Mädchen so nicht sind. Dass es aber auch geile Mädchen gibt, für die Sex zum täglichen Vergnügen gehört und die sich an jeden werfen, der ihnen irgendwie gefällt. Und dann auch noch der Meinung sind, dass dies jedem Burschen auch Spaß machen müsse! Und vielleicht haben sie das auch wirklich bisher so er-lebt. Langsam konnte Steffen wieder klar denken und da war nur noch Traurigkeit und Scham.

Gerade jetzt kam Micha zurück. Er sah noch das Mädchen aus dem Zelt kommen, sah das gebrauchte Präservativ davor liegen und seinen nackten Bruder im Zelt. Es bedurfte keiner Phantasie, zu wissen, was da gelaufen war.

Was Steffen nicht wusste: Micha fand es ganz normal, dass sein großer Bruder Sex mit Mädchen hatte, auch wenn sie darüber nie

---

[39] Das Wort Tussi kommt von Thusnelda, der Frau des Germanenführers Armi-nius, Sieger in der Schlacht gegen die Römer 9 n.C. bei Kalkriese. (auch als „Schlacht im Teutoburger Wald" bekannt).

gesprochen hatten. Er wusste auch nicht, dass die Kameraden von Micha auf diesem Gebiet recht freizügig waren und ständig miteinander über Sex redeten. Einige von Michas gleichaltrigen oder nur wenig älteren Kameraden konnten sich damit rühmen, schon „Erfahrungen" mit Mädchen gehabt zu haben, wobei das „Höhlchen" im Bombentrichter eine Rolle spielte, das keinesfalls nur als „Indianerlager" diente, wie Steffen angenommen hatte. Micha war in seinen „Träumen" bereits mit mehr als einem Mädchen intim gewesen. Nur, leider, eine Gelegenheit, diesen seinen Wunsch in Erleben umzusetzen, hatte sich ihm bisher noch nie geboten. Bisher ….

Eigentlich wollte Micha eine witzige Bemerkung machen; fragen, ob es prima war – aber als er Steffens Gesicht sah, verschlug es ihm die Sprache. Für seine Vorstellung war Sex „prima" und kein Grund, hinterher ein solches Gesicht zu machen, aber er wusste auch, dass er jetzt von sich aus dazu nichts sagen durfte.

Hätten doch die beiden Brüder, die sich sonst so gut verstanden und über alles redeten, diese Gelegenheit ergriffen, miteinander über Sex zu sprechen. Aber das war damals in „anständigen Familien" eben noch ein Tabu. Keiner von beiden hätte je seinen Vater dazu fragen können.

Ohne dass ein Wort zu diesem Thema gefallen wäre, bereitete Steffen auf dem kleinen Kocher das Abendessen. Sie redeten über viele belanglose Dinge und Micha versuchte ohne Erfolg mit seiner Bemerkung, dass es für ihn ein toller Nachmittag gewesen sei, hier mit Steffen am See zu sein, ihn zum Reden zu bringen.

Bei den Mädchen ging es lustig zu! Lautes Lachen war zu hören und man hatte dort – da man ja kein Lagerfeuer anzünden durfte – einige Kerzenlampen aufgestellt. Offenbar gab es auch allerhand zu trinken und sicher nicht nur Limonade!
Eines der Mädchen kam zum Zelt der Jungen und lud beide ein, zu ihnen zu kommen. Gerne wäre Micha mitgegangen, aber Steffen lehnte – höflich, aber bestimmt – die Einladung ab und Micha wusste, dass dies für ihn verbindlich war.

Es zogen dunkle Wolken auf. Steffen befürchtete, dass es ein Gewitter geben könne und überprüfte noch einmal, ob das Zelt ordentlich aufgebaut war. Micha legte mit dem kleinen Spaten einen Graben an. Dann wurde es rasch dunkel.

Micha zog seine Badehose an und erklärte, dass er noch eine Runde schwimmen wolle, wogegen Steffen keine Einwände erhob. Die Kerzenlampen der Mädchen zeigten ihm die Richtung[40] zum Ufer an.

Inzwischen war es recht kühl geworden. Steffen stellte noch einen kleinen Topf für Teewasser auf und als dann Micha nass zum Zelt zurück kam und fror, war ein Schluck heißer Tee beiden willkommen. Steffen hatte eine Miniflasche mit Rum mitgebracht, zwei Teelöffel voll für jeden im Tee, und dies trug zur Erwärmung bei. Aber Micha erklärte jetzt, dass er müde sei und kroch in seinen Schlafsack.

Steffen blieb noch einige Zeit wach. Ein leichter Regen trieb auch die Mädchen in ihre Zelte und die Kerzenlampen erloschen. Nun schloss er das Zelt und legte sich ebenfalls nieder. Aber schlafen konnte er nicht! Es war nicht das Lachen und Kichern, das immer noch aus den Zelten der Mädchen zu ihnen herüber drang, sondern das Erlebnis des Tages. Wieder zogen alle diese Bilder vor seinem geistigen Auge vorbei. Da war Franziska mit dem fremden Kerl – da war das nackte Mädchen und sein Erlebnis mit ihm – da war wieder Franziska, diesmal wieder ihr Gesicht und ihr Lachen! Oder machte sie ein trauriges Gesicht? Wird sie jemals wieder mit ihm lachen? Kann er ihr jemals wieder unbefangen gegenüber treten? Gut, er musste ihr nichts sagen und Micha würde gegen alle schweigen wie ein Grab! Aber vielleicht würde Franziska spüren, dass da irgendetwas nicht stimmte? Merken Mädchen so etwas? Steffen wusste es nicht. Und dann zerflossen alle Gedanken ineinander und die Natur forderte ihr Recht. Steffen hörte das entfernte Donnern nicht mehr und schlief ein.

---

[40] Wer schon einmal bei völliger Dunkelheit in einem See schwamm, weiß, dass man leicht die Richtung zum Ufer verlieren kann. Wenn kein Lagerfeuer brennt, ist es nicht falsch, eine Lampe am Ufer aufzustellen.

Er mag etwa zwei Stunden geschlafen haben, als ihn der Donner weckte. Das Gewitter zog vorbei und auch der Regen hatte nachgelassen. Es wird wohl der letzte Donnerschlag gewesen sein, der ihn geweckt hatte. Unwillkürlich griff er neben sich und erschrak: Der Schlafsack war leer, Micha war weg.

Steffen musste noch nicht einmal das Zelt verlassen, um ihn zu suchen. Ein Blick hinüber zu den Mädchenzelten genügte. In einem von ihnen brannte noch eine Kerzenlaterne und ließ schemenhaft erkennen, dass dort Bewegung war und dann kroch er Micha und ein Mädchen aus diesem Zelt, umarmten sich und als der Schatten auf ihn zukam, kroch Steffen rasch in den Schlafsack und stellte sich schlafend. Micha kam leise zurück und lag gleich in seinem Schlafsack. Steffen schwieg. Was sollte er auch sagen! Der Sündenfall war ja eingetreten.

Aber dann war ihm klar, was das ständige Schweigen bewirkt hatte und er war entschlossen, am nächsten Morgen ernsthaft mit Micha zu sprechen. Aber jetzt war er zu müde für alles und er machte sich auch Vorwürfe. Heute war so ein Tag, an dem er alles falsch gemacht hatte – und Steffen wusste das auch. Aber morgen ….

Nach dem Frühstück war es dann soweit:
„Hast Du mir nichts zu erzählen von heute Nacht?"
Wäre Micha nicht von der Sonne braun gebrannt, sein Gesicht wäre rot wie eine Tomate geworden!
„Du hast gemerkt, dass ich weg war?"
„Habe ich – und ich habe auch gesehen, wo und bei wem Du gewesen bist!"
Micha wusste, dass es jetzt keine Ausrede mehr gab und er beschloss, die „Flucht nach vorn" anzutreten.
„Ja, ich wollte den gleichen Spaß haben wie Du! Es war prima!"
„Du bist aber doch erst dreizehn Jahre alt!"

„Übernächste Woche werde ich vierzehn! Spielt das wirklich eine Rolle, dass Du knapp zwei Jahre älter bist! Im ..[41] steht, wer kann, der darf auch …"

„Zunächst einmal: Sex unter vierzehn Jahren ist immer noch ein Fall für die Polizei!"[42]

Micha erschrak! Der Hinweis auf die Polizei war damals für einen Jungen dieses Alters noch eine massive Drohung.

„Und nicht nur das! Als uns die Eltern erlaubten, hier zu zelten, sind sie davon ausgegangen, dass ich auf Dich aufpasse! Jetzt werden sie mir Vorwürfe machen! Und ich werde Dich nie mehr mitnehmen dürfen!"

Micha wurde kleinlaut! Der Hinweis auf die Polizei hat ihn schockiert und an die Eltern und die Verantwortung seines Bruders hatte er nicht gedacht.

„Du wirst mich doch nicht verraten, bei den Eltern und bei der Polizei?"

„Was wird mir übrig bleiben, als zu schweigen, nachdem ich Dir ein schlechtes Beispiel gegeben habe."

Micha konnte wieder etwas lächeln.

„So, und jetzt erzähle mir, was wirklich war!"

Micha wollte erst nicht recht, aber dann erzählte er, was er in der Nacht erlebt hatte. Am Abend, als er im See schwimmen war, kam er auf dem Rückweg – nicht zufällig – bei den Mädchen vorbei und eine von ihnen erkundigte sich ganz offen, ob er nicht Lust zum Sex habe. Das war endlich die lang ersehnte Gelegenheit. Und warum sollte ihm versagt sein, was Steffen gerade gehabt hat. Also behauptete er zunächst, beinahe fünfzehn Jahre alt zu sein. Ja, gerne mag er Sex, aber nicht jetzt, da er gleich zum Zelt zurück müsse, sonst würde Steffen ihn suchen. Das Mädchen erklärte ihm, dass er einfach kommen könne, sobald der große Bruder schläft. Und dass dieser so leicht nicht wach wird, wenn er einmal eingeschlafen ist, wusste Micha.

---

[41] Er nannte eine weit verbreitete Jugendzeitschrift.
[42] Hierzu Anmerkung 9 im Anhang Seite 114..

Und als er dann ins Zelt kam, ging das Mädchen gleich zur Sache. Dass noch ein zweites Mädchen im Zelt lag und zuschaute, störte beide nicht. Sogar die Kerzenlaterne ließen sie brennen. Aufpassen musste er nicht, das Mädchen verhütete mit der Pille. Und dann hatten beide viel Spaß dabei und das andere Mädchen ärgerte sich, dass Micha zu erschöpft war, um bei ihr weiter zu machen.

„Und Du hast nicht das Gefühl, dass das nicht richtig war?"
„Ja, an die Polizei und die Eltern habe ich nicht gedacht!"
„Lass mal beides aus dem Spiel! Ich meine, Du sollst einmal darüber nachdenken, dass Sex keine Spielerei ist und schon gar nicht für Kinder!"
Das Wort „Kinder" hörte Micha nicht mehr gerne und vor allem nicht, wenn Steffen das sagte! Trotzig erwiderte er:
„Aber Du hast doch auch gerade mit einer …"
Er hielt sich die Hand vor den Mund. Beinahe hätte er das böse Wort gesagt, dass unter seinen Kameraden normal war, von dem er aber wusste, dass Steffen es nicht hören will.
„Ich muss zugeben, was ich getan habe, war nicht gut und es tut mir leid. Ich weiß nicht recht, wie ich das sagen soll: Sex nur aus Spaß, ohne Liebe, ist irgendwie viehisch! Eigentlich interessiert hierbei das Mädchen überhaupt nicht. Man könnte das Gesicht zudecken und es interessiert nur das …"
Er musste nicht weiter sprechen, Micha verstand auch so, was da am Mädchen nur interessiert! Wahrscheinlich hätte Steffen solche Worte nicht gefunden, bevor er Franziska kannte. Irgendwie spürte das auch Micha.
„Hast Du schon Sex mit Franziska gehabt?"
Hätte Micha diese Frage irgendwann gestellt, wäre Steffen ernstlich böse geworden. Aber jetzt gehörte dies zum Thema.
„Nein, habe ich nicht – und zwar deshalb nicht, weil ich sie wirklich gern habe! Und überhaupt hatte ich bisher keinen Sex mit Mädchen"
Micha schaute ihn ungläubig an. Das hatte er nicht erwartet!
„Du hast Dein Erlebnis gehabt! Du kannst jetzt bei Deinen Kumpels angeben und brauchst noch nicht einmal was zu erfinden! Aber ich meine, das soll für einige Zeit genügen! Denke darüber

nach, ob Sex wirklich nur ein Freizeitvergnügen ist! Und jetzt wollen wir über etwas anderes reden."

„Und Du sagst nichts daheim?"

„Großes Ehrenwort!"

„Und ich sage auch nichts! Versprochen ist versprochen!"

„Und künftig denke daran, dass Mädchen nicht nur für Dein Vergnügen da sind!"

„Aber die wollen es doch so!"

„Es stimmt schon, dass es solche Mädchen gibt, wie wir ihnen gestern begegnet sind. Aber es gibt auch viele andere!"

„Wie Franziska!?"

„Richtig, wie Franziska!"

„Also gibt es zwei Sorten Mädchen, solche zum Liebhaben und solche zum …."

„Liebes Brüderlein! Ich weiß auch nicht recht! Aber ich will darüber nachdenken und dann reden wir weiter! Und noch etwas! Es war falsch, dass wir immer über alles miteinander gesprochen haben, nur nicht über Sex! Ich hätte an diesem Abend – Du weißt, was ich meine – mit Dir offen reden müssen. Vielleicht wäre manches nicht passiert! Künftig wollen wir auch darüber sprechen. Einverstanden!"

„Ja, einverstanden!"

Und damit waren beide zufrieden. Micha wusste, dass er sich jetzt jederzeit mit seinen Gefühlen an seinen großen Bruder wenden konnte und Steffen war froh, dass Micha damit begann, ernsthafter als bisher über Sex nachzudenken!

Drei endlose Tage

Für Steffen war der Tag gelaufen und er wollte früher heimfahren, als die Jungen eigentlich geplant hatten. Das Wetter hatte sich verschlechtert. Es kam kühler Wind auf und auch die Wolken verhießen Regen. Eigentlich hatte Steffen befürchtet, dass es irgendwie Ärger mit den Mädchen gäbe. Aber die hatten Besuch bekommen. Einige Jünglinge waren mit einem PKW angekommen und deshalb beachteten sie die beiden Jungen nicht mehr.

„Gut, dass die jetzt ältere Böcke haben und uns in Ruhe lassen!" Steffen fand zwar die Ausdrucksweise seines kleinen Bruders nicht besonders gelungen, sagte aber nichts. So kam es, dass beide bald das Zelt abbauten und nach Hause fuhren.

Bereits auf der Heimfahrt hatte sich Steffen darüber Gedanken gemacht, wie er Franziska gegenübertreten würde. In keinem Fall würde er – das fühlte er – ihr völlig unbefangen wie sonst begegnen können. Und wenn sie sich erkundigt, was mit ihm los ist? Wird ihm noch eine Ausrede einfallen? Aber was könnte er sagen? Als es vor einiger Zeit in der Schule Ärger gab und die Klasse beharrlich schwieg, meinte ihr Lehrer: „Nur die Wahrheit wird euch frei machen! Wie es in der Bibel steht!" Aber kann er ihr einfach die Wahrheit sagen?

„Du warst ja auch einmal dreizehn Jahre…"
Micha hatte das zu seiner Verteidigung vorgebracht und damit Steffen einen weiteren Vorwurf gemacht. Hatte er sich überhaupt der Mühe unterzogen, daran zu denken, wie das für ihn mit Sex damals vor zwei Jahren war? Eigenartig, dass die Erinnerung schon so verblasst war! Natürlich wurde in der Schule und vor allem im Sportverein über Sex geredet und zwar ziemlich schweinisch! Und natürlich fühlte er Erregungen, zumal seit ihm damals, da war er elf Jahre alt, ein Kumpel gezeigt hatte, wie man sich das macht. Was hatte Franz erzählt! Und wie war das in der Nacht, nachdem er Susi abgetrocknet hatte! Und damals mit dem Sportverein in der Jugendherberge, als in der Nacht einige Mäd-

chen in ihren Jungenschlafsaal kamen und eine bei ihm ins Bett kroch. Viel war nicht gelaufen, aber er war mit der Hand bei ihr in der Hose gewesen und sie hatte ihn nicht zurück gestoßen. Und wie wäre es weiter gegangen, wenn nicht plötzlich die Leiterin gekommen wäre und deshalb die Mädchen fluchtartig den Schlafsaal verlassen mussten? Steffen begann, Michas Gefühle besser zu verstehen als bisher. Wie gerne hätte er damals mit einem älteren Freund darüber gesprochen und nicht nur mit seinen Kameraden, die am Morgen damit angaben, wie weit sie bei den Mädchen in der Nacht gekommen waren.

Am nächsten Tag im Betrieb gab er sich alle Mühe, nur an die Arbeit zu denken. Immerhin hatte er noch Probezeit und diese gute Stelle wollte er natürlich nicht verlieren.

Ja, und dann gab es abends „Zahltag". Er bekam sein erstes Gehalt und als er nach Hause ging, hatte er statt nur Münzen einen Geldschein in der Tasche. Stolz gab er das Geld seiner Mutter und diese umarmte ihn und sagte, er sei jetzt ein richtiger Mann. Sie werde für ihn neue Winterkleider[43] kaufen, damit er ordentlich angezogen sei, wenn er mit Franziska ausgehe.

Ja, Franziska! Heute hat sie Klavierstunde, morgen muss sie mit den Eltern zum Geburtstag einer Tante und dann muss sie sich auch noch für die Schule auf eine Arbeit vorbereiten, die am Donnerstag geschrieben wird, wie sie Steffen am Telefon erklärte: „Unsere Lehrerin ist auf die Schnapsidee gekommen, über den gesamten Unterrichtsstoff des letzten Schuljahres eine Arbeit zu schreiben und am Wochenende bin ich nicht dazu gekommen, mich vorzubereiten! Und zur Tante muss ich mitgehen, ob ich will oder nicht! Sonst ist meine Mutter böse auf mich – und das will ich nicht. Also werde ich mich am Mittwoch den ganzen Nachmittag mit ‚Reptilien, Vögeln und Säugetieren' befassen. Wir sehen uns dann am Donnerstag."

---

[43] Es war damals in „bürgerlichen Familien" durchaus üblich, dass die Söhne ihr Gehalt den Eltern ablieferten und Taschengeld bekamen. Auch dass die Mama mit den Söhnen zum Kleider-Einkauf ging.

Ja, der „entfernte Vetter"! Sonst wäre Steffen traurig gewesen, aber jetzt kam ihm der Aufschub gelegen. Jetzt hat er drei Tage Zeit, über alles nachzudenken!

Eigentlich sollte Micha am Abend das Paket zu ihrer Tante bringen, die in einem Dorf etwa zehn Kilometer entfernt lebte. Micha verzog das Gesicht! Er mochte diese Tante nicht, während Steffen gut mit ihr auskam. Auch wollte er gerne zu seinen Kumpels wo es ja was zu erzählen gab! Steffen wollte ohnehin noch ein paar Runden mit dem Rad drehen und es wird noch lange hel sein – und er erbot sich, zu fahren. Micha warf ihm einen dankbaren Blick zu und die Eltern waren einverstanden.

Auf der Rückfahrt kam er an einem geparkten PKW vorbei, dessen Fahrer die Motorhaube geöffnet hatte. Steffen sah, dass der Fahrer ein schwarzes Gewand trug, wie damals im Klosterhof der Kaplan – und richtig, er war es auch!

„Was nicht in Ordnung?"
„Die Karre bleibt mir einfach stehen! Solange der Motor kalt ist läuft er – und wenn er warm wird, bleibt er mir einfach stehen – und ich muss warten, bis er wieder kalt ist!"
Steffen hatte eine Idee. Genau das hatte ein Kunde damals in der alten Werkstatt beanstandet und sein Meister hatte sofort gewusst, wo er suchen musste!
„Darf ich mal?"
Steffen nahm das Schweigen des Kaplans als Einverständnis und beugte sich über den Motor, nahm die Kabel vom Zündverteiler ab und öffnete diesen.
„Sehen Sie, der Deckel hat einen Riss! Dann dringt Wasser ein und wenn das verdampft, spielen darin die Funken verrückt. Hier im Deckel sind die Spuren".
Er wischte mit seinem Taschentuch den Deckel trocken, setze ihn wieder auf und brachte die Kabel in der richtigen Reihenfolge an.
„So, probieren Sie mal!"
Der Wagen sprang sofort an.

„Das reicht bis nach Hause! Morgen müssen Sie sich einen neuen Deckel kaufen! Ich fahre hinter Ihnen her, falls die Karre wieder stehen bleibt. Wenn man nämlich die Kabel falsch anschließt, verreckt der Motor!"

Es waren nur einige Kilometer bis zum Pfarrhaus und der Kaplan wartete, bis auch Steffen ankam. Erst als er sich bei ihm bedankte, erkannte er den Jungen, der damals in die Gruppenstunde seiner Jugendgruppe gekommen und leise wieder gegangen war. Steffen hatte schon unterwegs daran gedacht, die Gelegenheit zu benutzen, danach zu fragen.

„Ja sicher kannst Du zu uns kommen, wenn Du willst!"

„Muss man da katholisch werden und beichten...?"

Der Kaplan lachte:

„Hast Du schon viel zu beichten?"

„Und ob!"

Steffen wurde rot im Gesicht, aber der Kaplan erklärte ihm, dass er nicht beichten müsse und dass sich die Gruppe immer mittwochs im Pfarrheim treffe. Er könne gerne kommen!

„Und da hätte ich noch eine Frage! Gibt es wirklich einen Gott, der alles kann und der alles weiß und alles hört und den man bitten kann?"

Der Kaplan war überrascht! Das hatte ihn noch nie jemand gefragt! Er spürte, dass ihm da ein Suchender begegnete und dass das nicht mit einem Satz zu erledigen war.

„Hattet ihr keinen Religionsunterricht?"

„Doch, aber da haben wir nur über die Kapitalisten und die Armen in der Welt gesprochen!"

„Es gibt einen solchen Gott! Aber darüber müssten wir miteinander etwas länger reden! Heute habe ich keine Zeit. Wie wäre es, wenn du für mich einen solchen Deckel kaufen und morgen bringen würdest! Und wenn Du dann Fragen hast…"

Ohne dass sich Steffen daran erinnerte, erging es ihm wie damals im Klosterhof. Die nette Art des Kaplans schlug ihn in seinen Bann. Steffen willigte ein. Er bekam einen Geldschein, baute den Deckel als Muster aus und versprach, morgen gleich nach der Arbeit mit dem neuen Deckel zu kommen.

An diesem Abend schlief er sofort ein. Er freute sich schon auf den nächsten Abend beim Kaplan. Vielleicht wird er ihn auch fragen können, wie er Franziska gegenübertreten soll.

Der Kaplan verstand – wie er auch zugab – nichts von der Technik eines Autos und war bei einer Panne auf die Hilfe anderer angewiesen. Ja, gestern war er zunächst skeptisch gewesen, als Steffen einfach den Verteilerdeckel abgenommen hatte. Dass das Auto dann sofort ansprang und er problemlos zum Pfarramt zurückfahren konnte und auch der sichtbare Riss im Deckel hatten ihn überzeugt. Und als jetzt Steffen das neue Stück mit einigen Griffen montierte, die Kabel richtig anschloss und der Wagen sofort ansprang, waren bei ihm die letzten Zweifel beseitigt: Der Junge kann etwas, kein Angeber! Dann werden auch seine Fragen kein oberflächliches Gerede sein. Auf das Gespräch mit Steffen war er gespannt.

Es dauerte dann nicht lange, und Steffen erzählte, was ihm in den letzten Wochen widerfahren ist. Die Sache mit der Lehrstelle, kurzes Zusammensein mit Franz, die Bekanntschaft mit Franziska, für die er so viel empfand – und dann die Enttäuschung und das Abenteuer am See. Das Erlebnis seines Bruders ließ er aus, denn das war nicht sein Geheimnis.
Der Kaplan hörte so gespannt zu, dass er sogar vergaß, an seiner Pfeife zu ziehen. Als Steffen am Schluss bekannte, dass er jetzt nicht wisse, wie er übermorgen Franziska gegenüber treten könne, überlegte er einige Minuten, zündete umständlich die Pfeife wieder an und blies dabei den Pfeifenrauch an die Decke. Das tat er immer, wenn er über etwas nachdenken musste.
„Zunächst einmal, Franziska hat die Wahrheit gesagt. Es gibt diesen Gott wirklich, ich bin sein Priester und wir alle sind seine Kinder. Er ist unser Vater! Du kannst ihn beharrlich bitten und vergiss nie zu sagen: Wenn es auch Deinem Willen entspricht!'. Ich rate Dir, Dich zum Konfirmandenunterricht anzumelden. Dazu ist es nie zu spät! Am besten bei dem Pastor, der Franziska konfirmiert hat".
Steffen erklärte, dass er selbst schon daran gedacht habe.

„Aber jetzt zu Deinen Problemen mit Mädchen! Deine Idee, dass es zweierlei Mädchen gäbe, zum Liebhaben und für Sex, beruht auf einer Verwechslung von Ursache und Folge."
Steffen verstand das nicht, aber der Kaplan fuhr weiter:
„Richtig ist, dass Sex und Liebe eng zusammen gehören. Beides ist von Gott erschaffen und keines von beidem ist schmutzig. Trennt man sie aber und zerstört damit die von Gott geschaffene Einheit, beginnt der Irrtum und Sex wird viehisch. Nun bestreiten aber – besonders in unseren Tagen – wichtige Leute, auch in den Jugendzeitungen und leider einige auch in der Kirche, diesen Zusammenhang und sie behaupten, dass Sex einfach ein Freizeitvergnügen sei wie zum Beispiel Fußballspielen oder Fahrradfahren. Wenn das aber wahr wäre, dann müsste es wirklich zwei Sorten Mädchen geben. Und so lange es Mädchen und Jungen gibt, die das glauben und danach leben, wird es auch solche Mädchen geben, wie sie Dir begegnet sind. Und es wird Jungen geben, die mit ihnen ihren Spaß haben. Ob die dann später jemals wirklich lieben können, wenn sie Sex und Liebe nie als Einheit erlebt haben, weiß ich nicht!"
„Ja, sind denn alle Mädchen so? Zwei haben sich an mich herangemacht und zwei Kumpels haben mir ähnliche Erlebnisse erzählt!"
„Nein, es sind nur wenige! Aber diese sind dauernd auf Sex aus und machen sich gerne an Jungen heran, die noch keine oder wenige Erfahrungen haben. Vielleicht gibt ihnen ihre Bereitschaft, mit dem Jungen Sex zu haben, auch irgendwie das Gefühl, über ihn ,Macht' auszuüben, weil sie ihm auf diesem Gebiet an Erfahrung überlegen sind! Und weil sie so aktiv sind, treffen viele Jungen auf die wenigen sexgeilen Mädchen und glauben dann, dass alle Mädchen so sind. Ich meine, Du hast dies innerlich begriffen, seit Du Franziska kennst. Wie Du gesagt hast – bei Franziska denkst Du nicht an Sex wie bei anderen Mädchen. Du hast sie gerne und wenn ihr beide alt genug seid, wird auch das Verlangen nach körperlicher Gemeinsamkeit aufkommen. Ich will damit sagen: Sex ersetzt keine Liebe und schafft auch keine! Früher Sex zerstört die Liebe, weil der Junge ja schon alles gehabt hat. Das Mädchen im Zelt war für dich hinterher ohne jedes Inte-

74

resse. Du erinnerst dich kaum noch an das Gesicht, nur an ihren Körper! Und du spürst, dass das falsch war. Aber ich denke, es wird alles wieder gut mit Dir und Franziska, wenn sie Dich wirklich gerne hat".

„Steht es in der Bibel, dass nur die Wahrheit frei mache?"

Der Kaplan war erstaunt und Steffen erzählte von dem damaligen Ereignis in der Schule.

„Ja, das stimmt! Aber man darf auch nicht immer und immer sofort und ungefragt die Wahrheit sagen! Wahrheit und Liebe gehen Hand in Hand und deshalb warte ab, ob sich eine gute Gelegenheit ergibt, mit Franziska darüber zu reden. Sie wird sicher merken, dass du verändert bist. Mädchen merken das; Du kannst dich nicht verstellen! Versuche es auch nicht und ersinne keine Ausrede!"

Steffen war sehr erleichtert. Irgendwie fühlte er in sich die Kraft, übermorgen Franziska zu treffen. Er gab dem Kaplan die Hand und verabschiedete sich.

„Und morgen sehen wir uns?"

„Wenn ich nicht beichten muss!"

Der Kaplan lachte schallend:

„Du hast doch gerade gebeichtet! Und vielleicht spürst Du, dass eine solche Beichte frei machen kann."

Als Steffen dann still nach Hause ging, hatte er das Gefühl, dass er noch viel lernen muss.

Am nächsten Abend ging er zur Gruppenstunde. Der Gruppenleiter wusste bereits Bescheid. Steffen wurde wie selbstverständlich aufgenommen. Er erfuhr, dass die Gruppe zur „Katholischen Jungen Gemeinde" gehöre und dass es auch noch eine ältere Gruppe gäbe, bei welcher Jungen und Mädchen zusammen sind und auch noch eine Bubengruppe, die man „Jungschar" nenne.

Die Jungen dieser Gruppe waren alle etwa in seinem Alter und zwei hatten gerade ihre Lehre begonnen. Beide als Schreiner im Betrieb eines frommen Kolpingbruders[44]. Sie hatten Dias von n-

---

[44] „Kolping" ein ehemaliger „Gesellenverein", nach seinem Gründer benannt, ist heute ein weltweit verbreiteter Sozialverein innerhalb der katholischen Kirche, dem auch heute noch viele Handwerksmeister angehören.

rem Zeltlager dabei und wie gerne hätte Steffen so etwas mitgemacht. Zum Zelten war es ja jetzt zu spät und Urlaub bekäme er ohnehin erst in einigen Monaten, aber die Jungen planten während der Herbstferien ein Wochenende in einer Waldhütte und da kann er vielleicht doch mitfahren. Dann wurden Lieder gesungen. Steffen kannte nur eines der Lieder, nämlich: *„Wenn die bunten Fahnen wehen.."*, denn das hatten sie in der Schule gelernt. Aber er wird die anderen Lieder auch bald mitsingen können. Als er beiläufig erwähnte, etwas Gitarre spielen zu können, bat ihn der Gruppenführer, die „Klampfe"[45] nächstens mitzubringen. Steffen war einverstanden und nahm sich vor, fleißig zu üben. Und er hatte das Gefühl, es sei überhaupt nicht schlimm, katholisch zu sein.

Der Abend war „prima", wie Micha sagen würde. Aber als er dann nach Hause ging, dachte er wieder an Franziska und dass er ihr morgen unter die Augen treten müsse. Es wird ein harter Tag werden – für ihn.

Vor dem Einschlafen redete er wieder mit Gott. Diesmal nicht wegen einer Lehrstelle.
„Bitte hilf mir, dass ich morgen die richtigen Worte finde…"

Und dann schlief er ein. Als Micha noch einmal leise ins Zimmer kam und hören wollte, ob die Gruppe „prima" sei, sah er, dass sein Bruder bereits schlief. Er schaltete natürlich kein Licht ein. Aber als der Mond durchs Fenster schien, glaubte er, ein Lächeln auf dem Gesicht seines Bruders zu sehen.

---

[45] So wird bei den Pfadfindern und der bündischen Jugend die Gitarre genannt.

Abend mit Franziska

Noch nie hatte Steffen seine Freundin mit so gemischten Gefühlen abgeholt wie an diesem Abend. Er wurde schon erwartet und sie sagte gleich, wie froh sie sei, ihn wieder zu sehen. Die Tage mit dem „entfernten Vetter" waren für sie alles andere als erfreulich. Sie fand ihn arrogant und auch ihr Vater hatte nach der Abreise beiläufig erwähnt, dass ihm Steffen besser gefallen würde.

„Stell Dir vor! Der ist sogar heimlich verlobt[46], obwohl er noch keine achtzehn Jahre alt ist. Er hat mir ein Bild von seiner Tussi gezeigt und ich meine, etwas viel Busen für ihr Alter!"

Franziska lachte über ihre eigene Feststellung, aber Steffen blieb das Lachen im Halse stecken. Auch das noch! Es gab also nicht den allergeringsten Grund für seine Eifersucht. Er hatte sich wirklich dumm wie ein kleiner Junge benommen und jetzt schämte er sich so, dass er kein Wort sagen konnte. Natürlich merkte Franziska dies sofort! Mädchen spüren das eben.

„Was ist denn los mit Dir! Du machst ja ein Gesicht wie saure Milch!"

Steffen hatte das Gefühl, einen Kloß im Hals zu haben und brachte kein Wort heraus. Da griff ihn Franziska am Arm und zog ihn auf eine Parkbank. Dann legte sie ihm den Arm um den Hals.

„So – und jetzt beichte!"

Schon wieder dieses Wort, das ihn verfolgte. Wird ihn die Wahrheit wirklich frei machen oder wird sie ihm Franziska für immer nehmen? Und er begann hemmungslos zu weinen. Franziska war entsetzt. Nach ihrer Vorstellung dürfen Männer nicht weinen; schon gar nicht in der Öffentlichkeit!

„Nun heul` doch nicht! Hat Dich Dein Chef rausgeworfen?"

Typisch Frau, dass sie zunächst daran dachte. Dann nahm sie ihr Taschentuch und trocknete seine Tränen. Dies war für Steffen wie eine Erlösung. Und wie ein Wasserfall erzählte er alles, was sich seit Samstag ereignet hatte. Seine Eifersucht, das fremde

---

[46] Hierzu Anmerkung 10 im Anhang Seite 115.

Mädchen und dann auch die Sache im Zelt. Micha erwähnte er nicht und auch Susi ließ er aus.
„Und jetzt wirst Du mich nicht mehr sehen wollen!"

Franziska schwieg eine Weile! Dann aber tröstete sie ihn:
„Du kennst Dich wirklich noch nicht mit Frauen aus! Ich habe Dich gern und da sieht eine Frau über manches hinweg! Und vielleicht war es sogar gut, dass Du dieses Erlebnis gehabt hast!"
Jetzt verstand Steffen überhaupt nichts mehr. Alles hatte er erwartet: Vorwürfe, schimpfen, weinen. Aber nur das nicht. Franziska fand es vielleicht sogar gut, dass er mit diesem Mädchen intim war.
„Du erinnerst Dich an die beiden Weisheiten meiner Oma! Jetzt will ich Dir die Zweite erzählen! Meine Oma sagte, es sei ein grundsätzlicher Irrtum eines verliebten Mädchens, zu glauben, dass es seinen Freund an sich binden könne, indem es ihm Sex anbietet! Genau das Gegenteil sei der Fall! Sobald er genug Sex gehabt habe, verliere er sein Interesse an ihr."
Das war doch das Gleiche, was der Kaplan über Liebe und Sex gesagt hatte.
„Eigentlich warst Du es gar nicht gewesen, der das mit dem Mädchen gemacht hat! Es war Dein Körper; Dein Geist war nicht dabei! Du musst jetzt nicht mehr neugierig sein und wir wissen nun beide, dass Du von mir so etwas nicht erwartest! Wir wollen uns gegenseitig versprechen: An Sex wollen wir erst denken, wenn wir beide alt genug sind und es beide wirklich wollen! Einverstanden?"
„Ja, einverstanden!"
Und als sie ihm zum ersten Mal einen richtigen Kuss gab, was Steffen noch nie erlebt hatte, war es für ihn, als ginge die Sonne auf.

Franziska war sehr erfreut, als sie hörte, dass Steffen sich auf seine Konfirmation vorbereiten wolle. Gleich morgen will sie mit ihm zum Pastor gehen. Denn der Kurs für das nächste Jahr hatte ja bereits begonnen. Und auch, dass er sich einer Jugendgruppe angeschlossen hatte, fand sie gut.

Als am Abend die beiden Jungen schon in ihre Schlafzimmer gegangen waren, kam Micha zum großen Bruder und wollte wissen, ob er sich mit Franziska ausgesprochen habe. Er liebte seinen Bruder sehr und als er hörte, dass mit dessen Freundin „wieder alles in Ordnung" ist, fand er das natürlich „prima".

Aber Micha ging nicht gleich in sein Zimmer zurück. Steffen kannte das und wusste, dass Micha noch etwas auf dem Herzen hatte. Und so war es auch.
Eher beiläufig erwähnte Micha, dass er nicht mehr mit zum „Höhlchen" gehe. Natürlich merkte Steffen sofort, dass sein Brüderlein nach dem Grund gefragt werden wollte.
Und dann erzählte Micha, dass ältere Jungen der „Bande" dort gelegentlich Sex mit Mädchen hatten. Er hätte gerne auch mitgemacht, aber für die Mädchen war er zu jung. Er durfte nur „aufpassen, dass niemand kommt" und dabei von außen ein wenig zuschauen. Aber das interessiere ihn jetzt nicht mehr.
Steffen fragte nicht weiter nach. Er nahm an, dass das Gespräch mit Micha doch einiges bewegt hat und das freute ihn natürlich.

Schon lange hatte er nicht mehr so gut geschlafen wie in dieser Nacht. Heute war ein Tag, an dem er alles richtig gemacht hatte.

Der Pastor war sehr nett und erinnerte Steffen an den Kaplan, obwohl dieser wesentlich jünger war und keinen Bart hatte. Es gäbe einen Abendkurs für ältere Damen und Herren, die schon berufstätig sind und Steffen könne gerne teilnehmen.

Zu Hause wurde der Geburtstag von Micha vorbereitet. Es war ja kein gewöhnlicher Geburtstag! Vierzehn Jahre trennt die Kindheit von der Jugend – auch vor dem Gesetz – wie der Vater von Franziska sagte. Es gäbe nun Rechte und Pflichten, die auf Micha jetzt zukommen[47]. Steffen machte sich Notizen, um bei der Feier „damit anzugeben", wie Franziska bemerkte.

---

[47] Mit 14 Jahren wird man „strafmündig". Micha kann also jetzt bestraft werden, wenn er etwas anstellt, was strafbar ist. Bitte nicht verwechseln mit der mit 7 Jahren beginnenden Pflicht, einen angerichteten Schaden zu ersetzen.

Schon lange gab es daheim keinen eigentlichen „Kindergeburts-tag" mehr, zu welchem Schulkameraden und Freunde eingeladen wurden. Normalerweise waren die Jungen mit ihren Eltern bei diesem Anlass unter sich. Steffens Mutter hatte aber darauf be-standen, dass er Franziska mitbringe. Sie wolle das Mädchen endlich kennen lernen. Mütter sind nun mal so!

Und dann kam Micha am Abend wieder zu Steffen. Er hatte et-was auf dem Herzen; Micha hatte sich verliebt. Ein Mädchen aus dem „Nonnenbunker", wie die Jungen abfällig das Mädchengym-nasium nennen, das von Ordensschwestern geleitet wird. Und er möchte das Mädchen einladen! Steffen soll mit den Eltern reden, ob sie das erlauben. Jetzt wusste Steffen, warum Micha nicht mehr mit zum „Höhlchen" gehen will.
„Ja, auch Peter und Andy gehen nicht mehr mit! Peter hat auch eine feste Freundin und Andy interessiert sich im Augenblick nicht für Mädchen; vielleicht sogar überhaupt nicht! Er ist aber ein prima Kumpel – und da fragen wir ihn nicht!"

Die Eltern waren zunächst ablehnend, da Micha nach ihrer An-sicht für eine Freundin zu jung sei. Steffen wusste das zwar bes-ser, konnte es aber den Eltern schlecht erklären. Aber sein Hin-weis, dass Mädchen aus dem „Nonnenbunker" in diesem Alter wahrscheinlich noch nicht an Sex denken zerstreute ihre Be-fürchtung. Micha fand dies „prima" und Steffen erhielt einen brü-derlichen Kuss.

Micha wird vierzehn!

Aber noch vor seinem Geburtstag mussten Micha und seine beiden Freunde eine bittere Enttäuschung erleben.

Wie jede Woche gingen sie wieder zu der alten Dame, um sich zu erkundigen, ob sie Hlfe brauche. Aber diesmal wurden sie nicht – wie sonst immer – erwartet. Es öffnete eine Frau, die sie nicht kannten und fuhr sie barsch an:

„Was wollt ihr denn hier!"

„Aber wir wollen doch zu Frau Albers"

„Wir helfen ihr doch immer!"

„Also ihr seid das! Habt ihr das ganze Geld meiner Mutter gestohlen! Ich rufe gleich die Polizei!"

Die Jungen starrten die fremde Frau sprachlos an. Ja, Frau Albers hatte von einer Tochter erzählt, welche nur ungefähr zehn Kilometer entfernt wohne und sich trotzdem nie um sie kümmere. Micha fasste sich als erster!

„Wir haben nie einen Pfennig genommen! Fragen Sie doch Ihre Mutter!"

„Und wir haben kein Geld gestohlen!"

„Wir stehlen überhaupt nie!"

Die fremde Frau wollte weiter schreien, aber da öffnete sich die Tür der Wohnung nebenan. Der Nachbar hatte alles mit angehört und mischte sich jetzt ein:

„Schämen Sie sich nicht? Frau Albers hat mir erzählt, dass Sie sich nie um sie gekümmert haben. Aber die drei Jungen haben ihr oft geholfen und nie einen Pfennig dafür genommen! Und jetzt wollen Sie groß erben! Überhaupt, wie kommen Sie dazu, dass Ihre Mutter Geld gespart habe? Die war doch froh, wenn sie die Miete pünktlich zahlen konnte!"

Die fremde Frau verschwand in der Wohnung und warf hinter sich die Tür zu. Und dann erfuhren die Jungen vom Nachbarn, dass Frau Albers ins Krankenhaus gekommen und dort gestorben sei. Heute Vormittag wurde sie beerdigt.

Draußen auf der Straße flossen Tränen. Der Tod der alten Dame hat die Jungen sehr betroffen und dazu kam die Wut!

„Ich werde nie wieder jemandem helfen" meinte Andy!

Aber Micha widersprach: „Nein, ich glaube, ich würde wieder helfen wenn ich kann! Nicht alle Leute sind so!"

Und Peter schloss sich dem an. „Es war doch immer schön bei ihr!"

Andy dachte einen Augenblick nach. Dann sagte er: „Ja, es war schön, dass wir sie gekannt haben!"

Darüber waren sich alle drei einig!

Die kleine Geburtstagsfeier wurde „einfach prima." Steffen hatte ursprünglich einige Ängste, ob der „gesellschaftliche Unterschied" nicht zu Problemen führen würde. Denn nach den damaligen Vorstellungen gehörten die Eltern von Franziska zur „gehobenen Gesellschaft" und auch die Freundin von Micha stammte aus einer Beamtenfamilie, die noch dazu katholisch und sehr fromm war. Steffens Eltern rechnete man damals zum „Kleinbürgertum", da sein Vater „nur" Facharbeiter[48] war.

Aber das lustige Wesen von Franziska schaffte gleich eine gelöste Stimmung und Steffens Eltern verwickelten sie derart in Gespräche, dass Steffen an diesem Abend kaum ein Wort mit ihr reden konnte. Und trotz ihrer Jugend war Michas Freundin so nett und umgänglich, dass sich Steffen an ihr schadlos hielt. Wenn Micha nicht gewusst hätte, dass Steffen „vergeben" ist, wäre er sicher eifersüchtig geworden.

Als man sich verabschiedete, waren sich alle einig, dass es ein gelungener Abend war. Nicht nur Micha, sondern auch dessen Eltern fanden Franziska „prima". Und die Mama war davon über-

---

[48] Dass möglicherweise Familien mit einem Vater als „Facharbeiter" und evtl. einem ebenfalls berufstätigen Sohn doppelt so viel Geld monatlich nach Hause schleppten als eine Beamtenfamilie, deren Kinder noch in der Ausbildung waren, änderte an dieser „Einteilung" nichts. Beamte – auch der unteren Ränge – gehörten zur „Mittelschicht".

zeugt, dass ein so gut erzogenes und frommes Mädchen ihrem Jüngsten nicht sexuell gefährlich werde.

Anders als bei Steffen kam im Religionsunterricht in Michas Schule, den eine junge Theologin hielt, auch „Gott" vor. Jedoch ein Gottesbild, das nicht der Bibel sondern moderner Theologie entlehnt war. Kein Gott, der „Umkehr" fordert, sondern eher ein ferner, lieber Gott, der etwa einem Ur-Opa glich, welcher immer noch lächelt, auch wenn ihn ungezogene Urenkel am weißen Bart zupfen. Dieser Gott stellte keine Forderungen und war deshalb Micha und seinen Kameraden recht gleichgültig. Wenn Micha sich neuerdings darüber Gedanken machte, ob Sex wirklich nur „prima" ist, spielte kein Gottesbild, sondern eher ein verändertes Menschenbild eine Rolle, nämlich Mädchen als Person und nicht nur als Sex-Objekt. „Sex ohne Liebe" war für ihn keine Frage, die Gott etwas anging. Seit Steffen aber zum Konfirmandenunterricht ging, redeten die Brüder auch gelegentlich über dieses Thema, wobei das Gottesbild des alten Pastors mit jenem der jungen Theologin oft nicht übereinstimmte.
Immerhin ging auch diese von der Existenz eines Gottes aus und forderte die Jungen zum Gebet zu diesem Gott auf. Micha erschien es also richtig, als Steffen ihm erklärte, dass er abends mit Gott redete und er versprach ihm, ebenfalls Gott zu bitten, er möge Steffen dabei helfen, eine Lehrstelle zu finden. Denn er war ja seinem großen Bruder dankbar, dass durch dessen Vermittlung die Eltern ihn jetzt als alt genug ansahen, eine Freundin zu haben. Gut, dass die Eltern nicht alles wissen…!

Am nächsten Tag kamen in der Firma die beiden Lehrlinge an, um dort ihre Lehre im KFZ-Handwerk zu beginnen. Der Chef wollte, dass sie auch den Tankstellenbetrieb kennen lernen und Steffen musste ihnen alles erklären. Beide Jungen waren wirklich nett und umgänglich, wenn sie auch wenig Ahnung von der Sache mitbrachten. Es versteht sich von selbst, dass Steffen anfänglich etwas neidisch auf sie war. Denn sie hatten eine Lehrstelle gefunden und er nicht! Aber „Neid und Eifersucht" sind Geschwister, hatte der Pastor im Konfirmandenunterricht gesagt! Und was letztere anrichten kann, hatte er ja erlebt. Deshalb unterdrückte er tapfer den Neid und war freundlich und hilfsbereit zu seinen neuen Arbeitskameraden.

Dann kam tatsächlich ein Brief von Franz, auf der Schreibmaschine seiner Tante getippt. Es war nicht gerade leicht für Franz. Sein Chef verlangte viel Arbeit und die Tante war sehr streng! Aber Franz hatte sich verliebt! Er hatte das Mädchen in der Berufsschule getroffen und beide haben sich gleich gut verstanden. Sie weiß von dem Wohnwagen und auch, was dort abgeht, aber sie meint, dass man sich für Sex noch nicht lange genug kenne und auch Franz hat noch von damals genug.

Nun hat auch für Steffen die Berufsschule begonnen. Da er keinen Lehrvertrag hatte, sollte er einer Hilfsarbeiterklasse zugeteilt werden. Sein Chef hielt dies für Unfug und mit einiger Mühe gelang es, die Bürokraten davon zu überzeugen dass der Junge in die Berufsschulklasse der KFZ-Lehrlinge gehöre, da er eine solche Lehre anstrebe.
Steffen kannte keinen seiner neuen Schulkameraden. Alle kamen von einer anderen Hauptschule. Und jetzt hatte er allen Grund, seinem strengen Lehrer dankbar zu sein. Dieser hatte der Klasse klipp und klar erklärt, dass für ihn nur Leistung und nicht die „richtige", moderne, also linke Gesinnung zähle. Und mit der neuen „Spaßpädagogik" könne er nichts anfangen und denke auch nicht daran, sich ein Jahr vor seiner Pensionierung zu ändern! Leistungsverweigerung sei nicht „cool", sondern ein Verbrechen an der eigenen Zukunft. Und Diskussionen über die sozialen Verhältnisse im Lande mögen die Schüler bitte mit den Pastoren führen, die ja ohnehin sonst nichts mehr predigten. Die Folge war, dass Steffen weit bessere Kenntnisse in Mathematik und Physik mitbrachte als die anderen Lehrlinge, die zunächst etwas arrogant auf den „Hilfsarbeiter" in ihren Reihen geschaut hatten. Dieses Lob des Lehrers machte ihn stolz und auch Franziska gab ihm einen Kuss, als er ihr das erzählte.

Franziska und das Buch

Eines Abends klingelte das Telefon. Franz war am Apparat! Er war wieder daheim und erkundigte sich, ob er zu Steffen kommen könne! Franziska war in der Klavierstunde und so hatte Steffen für ihn Zeit.

Franz hatte sich über seinen Berufswunsch wohl Illusionen gemacht. Dass zumindest im ersten Lehrjahr auch stundenlanges Kartoffelschälen und Gemüseputzen verlangt wird, hatte er nicht bedacht. Sein Chef war sehr streng und forderte viel längere Arbeitszeit als der Lehrvertrag und das Gesetz vorsahen; auch sonntags und dazu ohne Vergütung! In der Berufsschule kam Franz nicht mit. Nun rächte sich, dass sein Lehrer in X. einer der modernen Spaßpädagogen war, die von den Schülern keine Leistung verlangten und die sich deren Wohlwollen und damit ihre Ruhe mit unverdient guten Noten erkauften. Nachhilfe wäre erforderlich gewesen, aber wer sollte die bezahlen? Die Tante hatte offenbar von der Existenz des Wohnwagens gehört und verbot ihm den abendlichen Ausgang. Deshalb konnte er auch seine neue Freundin nicht mehr treffen und diese hatte sich auch gleich einen anderen Freund gesucht. Als er in einem sündhaft teueren[49] Telefongespräch alles seinem Vater erklärte, erlaubte dieser, den Lehrvertrag aufzulösen, was in der Probezeit rechtlich keine Probleme bereitete. Jedoch musste er dem Vater versprechen, keine Lehre mehr zu beginnen, sondern bei ihm im Betrieb zu arbeiten. Und Franz versprach das gerne! Sein Vater habe viele Aufträge und schon an die Einstellung eines Arbeiters gedacht. Jetzt war er froh, dafür seinen Sohn im Betrieb zu haben. „Du wirst sehen! In einigen Jahren verdienst Du bei mir viel mehr als ein Koch! Was nutzt da eine Lehre! Letztlich zählt doch nur das Geld!"

---

[49] Gegenüber heute war Telefonieren damals noch sehr teuer! So ein Ferngespräch konnte leicht 3 – 4 DM kosten.

Franz war natürlich etwas enttäuscht, als er merkte, dass Steffen jetzt kaum noch Zeit für ihn hatte. Die neue Arbeit, Franziska, die Jugendgruppe und der Konfirmandenunterricht nahmen ihn voll in Anspruch. Aber heute war Samstag und Franziska war mit ihren Eltern nachmittags unterwegs. Also fuhren die drei Jungen, Steffen, Franz und Micha, nochmals zum Badesee. Das Wasser war aber schon recht kalt und ließ nur ein kurzes Schwimmen zu.

Steffen zeigte den beiden anderen, wo die jungen Pfadfinder gezeltet hatten. Micha wollte sie dazu drängen, nochmals eine Nacht hier zu zelten. Aber Franz hatte dazu keine Lust und Steffen erklärte, dass man dazu wohl die Genehmigung des Försters brauche – und die bekämen nur Jugendgruppen. Mit seiner Erzählung hatte Steffen eigentlich Franz dazu bewegen wollen, mit ihm in die Jugendgruppe zu gehen. Franz war zwar katholisch getauft, aber mit der Kirche wollte er nichts zu tun haben. Auch sein Vater würde das nicht gerne sehen: „Hält nur von der Arbeit ab und bringt nichts ein!"

Am nächsten Abend brachte Franziska das Buch zu Steffen und erwähnte beiläufig, dass er sich ruhig Zeit nehmen könne mit dem Lesen. Dass sie es selbst mit großem Interesse gelesen und sich bei Papa weitere Literatur ausgeborgt hatte, verriet sie ihm nicht. Männer sollen ja nicht denken, dass sie schlauer als die Frauen sind (so sagte jedenfalls ihre Mutter) und deshalb war sie gespannt, ob Steffen auf das Thema zurückkommen würde. Sie wollte ihn mit ihrem neu erworbenen Wissen überraschen! Und einige Tage später war dies auch der Fall, als Steffen ihr das Büchlein zurück brachte.

„Da haben die Deutschen also den Kaiser von Frankreich, Napoleon[50], gefangen genommen! Ich erinnere mich, dass der dann auf einer Insel weit weg gestorben ist!"
„Irrtum, das war ein anderer Napoleon! Der Kaiser, welchen die Deutschen gefangen haben, hieß Napoleon der Dritte."
„Hat es also drei davon gegeben?"

---

[50] Bei Sedan am 1.9.1870

„Nein, nur zwei!"

„Aber du sagtest doch eben: Napoleon den Dritten".

„Also, die Sache war so: Den bekannten Napoleon, der auf der Insel St. Helena gestorben ist, nennt man Napoleon den Ersten. Er hat ganz Europa mit Krieg überzogen und – wie mein Vater sagt – auf seinem Andenken ruhen mindestens eine Million von Toten. Als er in Russland besiegt wurde, haben sich die von ihm unterdrückten Länder erhoben und ihn in einer blutigen Schlacht bei Leipzig[51] geschlagen! Die Sieger haben ihn zunächst nach Elba verbannt und als er von dort wieder nach Frankreich kam, ihn erneut bei Waterloo besiegt und nach St. Helena abgeschoben. Aus unserer Stadt sind mehr als hundert junge Männer elendig verreckt, die für ihn in seinen Krieg ziehen mussten. Am alten Friedhof steht für sie ein Denkmal!

„Habe ich noch nie gesehen!"

„Ich bisher auch nicht, war aber vor ein paar Tagen dort!"

„Und der zweite Napoleon?"

„Den hat es nie gegeben!"

„Wieso denn?"

„Sein Sohn konnte nicht Kaiser werden, weil es damals in Frankreich keinen Kaiser mehr gab! Aber als später sein Neffe Kaiser wurde, nannte er sich aus Pietät nur Napoleon der Dritte"

„Habt ihr das alles in der Schule gelernt?"

„Nein, haben wir nicht, aber mein Vater hat viele Bücher! Ich habe das alles in den letzten Tagen nachgelesen. Weil es Dich interessiert! Alles was Dich interessiert, interessiert auch mich!"

„Dann brauche ich ja nichts nachzulesen! Du kannst das alles so prima erklären!"

„Alter Faulenzer! Du hast ja auch lesen gelernt!"

„Ich meine nur, weil dein Vater die Bücher hat, die ich mir in der Bücherei ausleihen müsste!

„So sind alle Männer, sagt meine Mutter! Alles auf die Frauen abwälzen!"

Aber das war nicht so ernst gemeint

---

[51] Dort steht das „Völkerschlachten-Denkmal"

„Wie war das jetzt also mit dem Krieg, an den das Denkmal im Friedhof erinnert?"

„Napoleon der Dritte hat Preußen den Krieg erklärt. Damals gab es noch kein einheitliches Deutschland, sondern außer Preußen noch einige Staaten!"

„Habe ich mal in der Schule gehört: der Deutsche Bund!"

„Nein, den gab es damals schon nicht mehr, sondern nur um Preußen herum den ‚Norddeutschen Bund' Sicher hast Du doch schon von Bismarck gehört!"

„Na klar, da gibt es ja hier eine Straße!"

„Der war hinter dem König der Chef des Norddeutschen Bundes. Als dann Napoleon ihm den Krieg erklärte, gingen alle anderen deutschen Staaten mit in den Krieg[52] und die haben den Kaiser in Sedan gefangen. Nachdem dann der Krieg verloren war, wollten ihn die Franzosen nicht mehr haben und er ist dann in England gestorben."

„Ja, und dann?"

„Und dann haben die Deutschen ein Deutsches Reich gegründet und wollten auch einen Kaiser haben. Das wurde der preußische König, der sich Wilhelm der Erste nannte"

Da ging Steffen ein Licht auf:

„Zu blöd, das hätte ich eigentlich alles wissen müssen! Wir waren im letzten Jahr mit der Schule in Koblenz. Dort saß doch früher[53] der olle Kaiser auf seinem Pferd, wie man auf alten Postkarten sieht. Und dann waren wir am Niederwald-Denkmal. Unser Lehrer hat uns dort viel erklärt, aber das hat kaum jemand interessiert!"

Dass er sich damals mehr für die Mädchen interessierte, die auf den Stufen des Denkmals standen, weshalb man ihnen unter die Röcke schauen konnte, ließ er unerwähnt! Beide schwiegen einige Zeit. Dann nahm Steffen das Gespräch wieder auf:

---

[52] Außer dem Norddeutschen Bund mit– hauptsächlich – Preußen und Sachsen waren dies die süddeutschen Staaten Bayern, Baden, Württemberg und Hessen.

[53] Das Denkmal am „Deutschen Eck" wurde nach dem Krieg zerstört. Es wurde aber inzwischen auf Grund einer privaten Initiative wieder aufgestellt.

„Meinem Vater war es recht, dass ich das Buch gelesen habe. Er sagt, wer seine Geschichte vergisst, muss sie wiederholen! Ich will aber nicht Soldat werden! Ich bin ja so froh, dass mein Vater heil zurückgekommen ist."

„Sicher wirst Du bei der Musterung zurückgestellt, wenn Du eine Lehrstelle bekommen hast, bis die Lehre beendet ist!"

„Ja wenn…"

„Nicht den Mut verlieren! Irgendwann klappt das schon! Und dann kannst du immer noch Ersatzdienst leisten! Das konnten die armen Soldaten damals nicht!"

Als Steffen am Abend nach Hause kam, hörte er gerade noch den Rest eines Telefongespräches, das Micha mit seiner Anna führte. Offenbar hatte es Streit gegeben, der aber durch das Telefonat beigelegt wurde. Vor dem Schlafengehen kam Micha zu dem üblichen Plausch und Steffen wollte natürlich wissen, was los war.

„Ach, ich habe mich dumm benommen! Aber es ist alles wieder „prima". Sie ist nicht mehr böse auf mich!"

Natürlich wollte Steffen das genau wissen und Micha wollte auch gefragt sein.

„Ja, sie hat mir erzählt, dass bei ihr daheim vor dem Essen gebetet wird – und hat mich gefragt, ob wir vor dem Essen auch beten. Und da habe ich gesagt, dass wir das nicht brauchen, weil unsere Mutter gut kochen kann! Da war sie böse und nannte mich einen schlimmen Heiden!"

Steffen schwieg, denn im Konfirmationsunterricht hatte er bei äufig gehört, dass auch fromme Protestanten vor dem Essen beten. Er wollte aber nicht, dass Micha dieses Thema bei den Eltern zur Sprache bringt. Dieser nahm jedoch gleich das Gespräch wieder auf:

„Was ist eigentlich ein Heide?"

Da konnte Steffen antworten, wenigstens ungefähr:

„Ein Heide ist ein Mensch, der von Gott nichts weiß oder auch nichts wissen will!'

Micha dachte einen Augenblick nach:

„Aber wir sind dann doch keine Heiden, auch wenn wir nicht in die Kirche gehen. Wir beten doch abends! Übrigens, bei den Katholischen hat jeder einen Namenspatron und meiner ist sogar ein Engel![54]" In der Kirche gibt es von ihm auch ein Fensterbild".

„Da wirst du dich aber noch sehr anstrengen müssen, bevor du ein Engel wirst!"

Beide lachten. Und da sich ja Anna wieder mit Micha ausgesöhnt hat – sie werde ihn schon noch bekehren – war alles wieder „prima" und die Jungen konnten beruhigt schlafen gehen.

---

[54] „Micha" steht für „Michael". Der Patron ist der Erzengel Michael Sein Fest ist am 29. September

.

Der alte Geselle erzählt:

Steffen hatte sich mit dem alten Kollegen, der zusammen mit ihm die Tankstelle betreibt und der demnächst „in Rente" gehen wird, etwas angefreundet und in den kurzen Pausen, die ihnen verblieben, sprachen sie über allerhand Dinge. Der Geselle schimpfte über die Studenten, über deren Aktionen ständig die Medien berichteten. Für ihn waren es nur Faulenzer und Schmarotzer, die sich auf Kosten der Arbeiter ein faules Leben machen und ihre unsinnigen Ideen ausposaunten!

„Wenn sie doch wenigstens etwas Vernünftiges lernen würden, um einmal ordentliche Bürger zu werden. So aber wollen sie nur alles kaputt machen, was wir nach 1945 wieder mühsam aufgebaut haben. Aber wir werden dies alles noch bitter büßen müssen!"

Steffen hatte sich bisher mit der „großen Politik" kaum beschäftigt. Zu Hause war dies kaum ein Thema. Sein Vater neigte mehr der SPD zu, aber nur weil er der CDU den Vorwurf machte, die Wiederbewaffnung der Bundesrepublik betrieben zu haben. Froh, halbwegs gesund aus dem Krieg zurückgekommen zu sein, wollte er vom Militär nichts mehr wissen. Sollte Steffen den Wehrdienst verweigern, könnte er mit der Zustimmung des Vaters rechnen! Seine Mutter war eher auf der Seite der CDU und meinte, dass auch eine von der SPD geführte Regierung dem Verlangen der Amis keinen dauernden Widerstand geleistet hätte. Vor einigen Wochen war daheim Besuch gewesen und das Thema „Wiederbewaffnung" wurde diskutiert. Einer der Besucher zitierte einen Vers, der damals vor 15 Jahren häufig gehört wurde:

„Wählst Du CDU, wirst Du Soldat im Nu;
wählst Du Sozialdemokrat, wirst Du auch Soldat;
wählst Du Kommunist, wirst Du Volkspolizist![55]
Also bleibe was Du bist
na - ein guter Christ."

---

[55] In der Ostzone (DDR) war die Volkspolizei die Vorgängerin der „Nationalen Volksarmee" (NVA).

„…aber wir werden dies alles noch bitter büßen müssen!"
„Glauben Sie, dass bei uns wieder eine Diktatur kommen wird wie damals die Nazis?" fragte Steffen ängstlich.

Gerade kamen wieder Kunden und die beiden mussten das Gespräch unterbrechen. Dann kam der alte Herr auf Steffens Frage zurück.
„Glaube ich nicht, weil…"

Wieder kamen Kunden und später meinte der Kollege, dass man sich über eine so ernste Sache nicht mit ständigen Unterbrechungen unterhalten könne.
„Wenn es Dich aber so interessiert, komm später mit. Ich will ohnehin noch ein Bier trinken und ich stifte Dir eine Cola und dann können wir in Ruhe reden".

Und so gingen die beiden nach Dienstschluss in eine nahe gelegene Kneipe. Der Geselle bestellte für sich ein Bier und für Steffen eine Cola und für beide je ein Wurstbrötchen.

„Wer das nicht selbst miterlebt hat, kann sich nicht vorstellen, wie arm wir in Deutschland nach dem verlorenen Krieg in den Jahren nach 1918 waren. Ich war ein junger Mann und ich hätte gerne eine Familie gegründet. Aber wie hätte ich sie ernähren können! Es gab keine Arbeit und so gut wie keine Unterstützung. Mir ist es nie so schlecht gegangen, auch nach 1945 nicht, wie damals. Alle waren davon überzeugt, dass die Sieger durch ihr brutales Diktat von Versailles an dem Elend schuld seien. Die Parteien erschienen uns unfähig und zerstritten und sie konnten keine Erfolge aufweisen. Unser Geld war nichts mehr wert. Stell Dir vor: Ich habe einmal eine Arbeit für einen Tag gefunden! Denke Dir, ich habe 100 Millionen an diesem Tag verdient!"
Steffen machte ein entsetztes Gesicht! Will ihn sein Kumpel auf die Schippe nehmen oder ist der verrückt geworden?
„Ja, ich hatte einen Geldschein über 100 Millionen in der Hand und bin rasch in die Bäckerei gerannt, in der Hoffnung, dort noch

ein Kilo Brot für diesen Schein zu bekommen[56]. Am nächsten Tag hätte ich dafür nur noch einige Brötchen kaufen können!"
Jetzt fiel Steffen ein, dass er solche Geldscheine im Schaufenster eines Antiquitätengeschäftes gesehen hatte, ohne sich große Gedanken darüber zu machen.

„Ja, und dann kam dieser Hitler und sagte, dass er mit seiner Partei alles besser machen werde. Natürlich, wer genau hingehört hat, konnte erkennen, was für ein Lump das war. Aber welcher Arbeiter hört schon genau hin, wenn er keine Arbeit, aber Hunger hat. Du kennst vielleicht den Spruch:
            ‚Fressen geht vor der Moral!'
und so dachten viele und wählten ihn. Ohne die Not wären die Nazis nie legal an die Macht gekommen![57] Und deshalb werden uns diese Heinis von der Uni keine rote Diktatur aufschwätzen können, weil sie die Arbeiter nicht mobilisieren können. Auch wenn sie nicht studiert haben: Arbeiter sind klug genug, zu merken, dass es ihnen seit Erhart[58] recht gut geht und dass sie nicht ausgebeutet werden. Sie sitzen lieber abends bei einem Bier als für diese Heinis auf die Straße zu gehen. Und deshalb werden diese Leute unsere Demokratie nicht abschaffen! Seit Mai weiß doch jetzt jeder, dass es keine Demonstranten, sondern brutale Verbrecher sind! Einfach den armen Mann niederzuknallen, nur um ihren Kumpanen zu befreien. Mit Demokratie oder Freiheit hat das nichts mehr zu tun!"[59]
Jetzt erinnerte sich Steffen an die Schießerei in Berlin. Dort hatte die Journalistin Meinhof die Einfältigkeit der Justiz, welche bereits vom Geist der Studentenbewegung benebelt war, dazu benutzt, ihr den Kaufhaus-Brandstifter Baader außerhalb des Gefängnisses zum Gespräch zuzuführen, damit ihn seine Bande mit Waf-

---

[56] Dazu Seite 96. Einige Monate später hätte es noch nicht einmal für das Postkartenporto gereicht. Dazu Seite 119.
[57] Dazu siehe Anhang Nr.11 Seite 115..
[58] Der spätere Finanzminister und Bundeskanzler Erhart gilt als Vater des deutschen Wirtschaftswunders nach Einführung der DM im Jahr 1948.
[59] Zu diesem Abschnitt siehe Anhang Nr.1 auf Seite 109.

fengewalt befreien konnte. Dabei wurde ein Angestellter einer Bibliothek niedergeknallt und schwer verletzt.

„Spätestens jetzt kann jeder, der dies wissen will, auch erkennnen, was das für Leute sind! Die Arbeiter wissen es. Die gehen nicht für diese Heinis auf die Straße. Aber die Studierten wollen es nicht wahrhaben! Die behaupten doch tatsächlich, dass Gewalt gegen Sachen, wie eingeschlagene Fensterscheiben und gar Brandstiftung zum Kampf gegen irgendwelches Unrecht legitim seien. Und jetzt liegt einer in seinem Blut – und niemand kann sagen, ob er überlebt[60]. Du wirst sehen, jetzt geht's erst richtig los mit der Gewalt!"

Steffen bedankte sich für die Einladung. Aber das Gespräch hatte ihn unruhig gemacht. Sicher, eine Nazi-Diktatur wird es hier nicht mehr geben. Aber sind diese Leute, die um ihrer Gesinnung Geltung zu verschaffen, bedenkenlos ein Kaufhaus in Brand stecken und dann einen Mann einfach niederschießen, weil er ihnen im Wege ist, nicht genau so schlimm wie die Nazis? Nein, auch eine solche Diktatur will er nicht haben! Auch keine Zustände wie drüben in der DDR. Er beschloss, einmal darüber mit seinem Vater zu reden. Vielleicht könnte er auch den Vater von Franziska fragen. Und er nahm sich vor, künftig allen diesen Dingen etwas mehr Beachtung zu schenken als bisher.

Auf dem Heimweg murmelte er leise vor sich hin: „Wenn ich wählen darf, werde ich keine Partei wählen, welche diese Leute bisher unterstützt hat"

Und dann kam doch noch die Polizei!

Als Steffen an diesem Abend nach Hause kam, war „dicke Luft". Ein Polizeibeamter war da gewesen und wollte mit Steffen reden. Es ging aber nicht um die Schlägerei, sondern um die Party am Steinbruch! Offenbar hatten sich dort Dinge ereignet, für welche sich die Polizei interessierte. Der Polizeibeamte hatte einen Zettel für Steffen hinterlassen. Er solle im Revier vorbeikommen.

---

[60] Der Verletzte überlebte zwar, aber er wurde nie mehr richtig gesund.

Natürlich waren die Eltern entsetzt! Es war schon schlimm genug, dass ein Polizeibeamter in Uniform in die Wohnung kam. Und die Angst, ihr Sohn könnte in eine böse Sache geraten sein, war gewaltig. Auch als Steffen ihnen erklärte, dass er nichts angestellt habe, waren sie kaum zu beruhigen und auch Steffen war sehr erschrocken. Heute war es schon zu spät, aber am nächsten Tag nach der Arbeit sollte das gleich erledigt werden. An sich wollte sein Vater mitgehen, aber dies lehnte Steffen ab. Denn wenn die Sache mit Susi zur Sprache kam, wäre ihm das peinlich gewesen.

Am nächsten Tag nahm Steffen all seinen Mut zusammen und ging zum Revier. Er wurde dort zu einer Polizeibeamtin geführt. Diese war sehr nett, beruhigte ihn sofort, dass es nicht um ihn ginge, sondern man einige Informationen brauche. Auf die Fragen der Beamtin erklärte er, dass er kaum einen der Teilnehmer kenne, dass ihn Susi eingeladen habe. Nur Fred kenne er vom Sportverein her. Nein, seine Freunde kenne er nicht. Geredet habe man nur über Geldverdienen und Lehrstelle. Kein Wort über Politik und so! Ja, er habe ein Bier getrunken, nicht mehr! Betrunkene habe er nicht gesehen, da er ja früh gegangen sei. Es sei geraucht worden, aber er habe nicht geraucht. Niemand habe ihm Pillen oder so etwas angeboten und mit Rauschgift habe er nichts am Hut. Ja, es waren Liebespärchen in den Zelten gewesen, aber er wisse nicht, wer da mit wem… Nein, er habe keinen Sex mit Susi gehabt, auch nicht mit einem anderen Mädchen! Dass es beinahe so weit war, musste er ja nicht erzählen! Er erwähnte auch nicht, dass er Susi mit Josef ins Zelt gehen sah. Und die Polizeibeamtin merkte auch bald, dass Steffen von all dem, was sie ermitteln sollte, wenig wissen konnte, da er so früh weggegangen war. Sie erklärte ihm, damit sei für ihn alles erledigt und er war entlassen.

Steffen fiel ein Stein vom Herzen, dass die Sache so einfach überstanden war und auch seine Eltern waren froh darüber. Bisher hatte er von dieser Party niemanden erzählt, auch Franziska nicht. Aber am Abend erzählte er ihr von seinem Besuch bei der Polizei!

„Na so was, dass Du auch dort gewesen bist! Über diese Party wird in der Stadt viel erzählt. Es soll dort Haschisch geraucht worden sein und zwei Mädchen mussten noch in der Nacht vom Arzt behandelt werden, weil sie betrunken nach Hause gebracht worden sind. Gut, dass Du so früh gegangen bist!"
Nun erzählte Steffen, dass ihn Susi eingeladen hatte. Franziska erkundigt sich nach dem Familiennamen von Susi und Steffen musste einige Zeit überlegen, bis ihm dieser wieder einfiel.
„Großartig! Die kenne ich! Eine frühere Freundin von ihr ist bei mir in der Klasse und da bin ich ihr einmal begegnet. Ich habe gehört, sie sei von der Party schwanger. Sie habe der großen Schwester eine „Pille" geklaut und dachte, jetzt geschützt zu sein. Und nun lachen alle über sie! Obwohl sie ein richtiges Luder ist, tut sie mir leid! Gerade mit solchen Mädchen müsste rechtzeitig ernsthaft geredet werden."

Gut, dass es dunkel war und Franziska nicht sehen konnte, dass ihr Freund einen roten Kopf bekommen hat! In was wäre er geraten, wenn er damals …. !"

Auf dem Heimweg ging ihm die Sache nicht aus dem Kopf. Vielleicht gibt es wirklich so etwas wie einen Schutzengel, von dem die Lehrerin in der Grundschule erzählt hatte! Damals hatten die Jungen alles als Märchen angesehen wie etwa Schneewittchen; aber wer weiß? Und Steffen nahm sich vor, den Pastor zu fragen!

„Denk Dir, ich habe 100 Millionen an diesem Tag verdient" (Seite 92).

Der Michaelstag

„Was haben die Katholischen für komische Sitten…"
Micha schüttelte den Kopf und natürlich wollte Steffen wissen, an was er dachte. Und natürlich wollte Micha haben, dass Steffen danach fragt.
Dann erzählte Micha, was er am Nachmittag erlebt hatte. Er war mit seiner Freundin unterwegs und beide haben über vieles gesprochen. Die Freundin wusste, dass Steffen keine Lehrstelle gefunden hatte und meinte, er solle darum beten. Und Micha erzählte, dass auch er dafür bete. Da nahm sie ihn an der Hand und führte ihn in eine Kirche! Und mitten in der Kirche ging sie auf die Knie! Micha glaubte, sie sei gestolpert und wollte sie aufheben. Dann erfuhr er, dass es eine „Kniebeuge" war. Man mache das, weil Gott in der Kirche selbst anwesend sei. Und als Micha dies auch machen wollte, fiel er wirklich hin, weil er gleichzeitig auf beiden Beinen niederknien wollte. Die Freundin lachte aber nicht, „weil man in einer Kirche nicht lacht.".
Und dann führte sie ihn zu einer Figur aus Holz! Eine Frau!
Dies sei Maria – und wenn man eine Bitte habe, müsse man eine Kerze anzünden. Dann warf die Freundin ein Geldstück in eine Büchse, nahm eine Kerze und zündete sie an und sagte dann, sie bitte: Steffen solle eine Lehrstelle finden!"

Steffen fand das eigenartig, aber alles, was helfen konnte, seinen Wunsch zu erfüllen, war ihm recht. Er meinte aber, dass Micha der Freundin die zwanzig Pfennig zurückgeben müsse und gab sie ihm.

Als Steffen am nächsten Abend von der Arbeit zurückkam, standen Micha und seine beiden Freunde, Peter und Andy, vor dem Haus, tuschelten miteinander und lachten; schwiegen aber, bis er vorbei war. Steffen war nicht neugierig und außerdem, er wusste ja, dass Micha ihm wie an jedem Abend vor dem Schlafengehen alles Wichtige erzählen würde. Und so war es auch!

Am „Höhlchen" hatte es Ärger gegeben! Vielleicht waren sie zu laut gewesen oder aber der Hund hatte die Spur entdeckt, jedenfalls war ein Förster gekommen. Einer der Jungen, der außen stand, sah ihn und konnte sich aus dem Staub machen. Aber zwei „Pärchen" waren nackt im Höhlchen und ihre Kleider lagen draußen – und das war dann sehr peinlich, als sie so aus dem Versteck kamen! Immerhin ging die Sache noch glimpflich aus, da der junge Förster Verständnis zeigte.

„Er hat die Mädchen so angeschaut, als hätte er am liebsten mitgemacht", meinte später einer der Jungen.

 Sie mussten ihm nur versprechen, sofort das Höhlchen abzubauen und nie mehr dorthin zu kommen. Und das haben sie gerne versprochen.

„Was bin ich froh, dass ich da nicht mehr dabei war – und Peter und Andi sind es auch! Vielleicht haben wir wirklich alle einen Schutzengel!"

Steffen ging auf das Thema nicht ein, das auch ihn bewegte, seit er bei der Polizei war: Schutzengel, gibt es die? Den Pastor hatte er noch nicht gefragt, auch weil er Angst hatte, ausgelacht zu werden! Aber vielleicht sind die Freundinnen wie Schutzengel, wenn man sie wirklich liebt

Es war gut, dass Micha nie erfahren hat, dass der Dienstag, 29. September, an welchem sich all das ereignete, was nun berichtet werden muss, der Michaelstag, also der Festtag seines Namenspatrons, ist. Auch so waren er und seine Anna später fest davon überzeugt, dass es so viele Zufälle nicht geben kann und dass „höhere Mächte" tätig waren.

Morgens um neun Uhr hatte ein Kunde ein Gespräch in der Bank mit dem Vater von Franziska. Er hatte eine Werkstatt in X. Und vor einigen Tagen hatte ihm eine dieser kleineren Autofabriken, welche sich gegen die große Konkurrenz so schwer taten, eine Vertretung ihrer Marke angeboten und das wäre für den Meister der „Durchbruch", weil er bisher nur „Reparatur aller Marken" anzubieten hatte, aber nur Gebrauchtwagen verkaufen konnte. Dazu musste er aber eine neue Halle bauen. Da die Unterlagen befriedigend waren, erhielt er von der Bank eine Kreditzusage.

Er bedankte sich und dann unterhielten sich die Herren noch über die Zukunftspläne. Dabei beklagte sich der Meister, dass es derzeit nicht leicht sei, so rasch ein bis zwei gute Leute zu finden, die er jetzt wohl benötige und einstellen würde. Auch hätte er sicher einen Lehrling eingestellt, wenn er rechtzeitig von dieser Chance gewusst hätte.
„Aber jetzt bekommt man ja nur noch, was übrig geblieben ist!"
Und da hatte der Vater von Franziska natürlich einen Vorschlag zu machen! Es ergab sich, dass der Kunde der jüngere Bruder von Steffens Chef ist und er versprach, mit seinem Bruder zu reden.

Um elf Uhr fand das historische Telefongespräch statt, das für Steffen die Wende bedeutete.
„Stimmt, Hans, der arbeitet bei mir und ich bin sehr zufrieden mit ihm. Nein, einen Lehrvertrag hat er nicht; nur einen Arbeitsvertrag! Ja, ich hatte bereits mit zwei Lehrlingen Verträge abgeschlossen und für dieses Jahr ist bei mir nichts mehr drin".
„Ist der wirklich tüchtig?"
„Ich habe den Eindruck, dass nicht viele Lehrlinge so viel Geschick und vor allem Arbeitseifer zeigen. Nächstes Jahr werde ich höchstwahrscheinlich…"
„Aber Paul, Du kannst doch dem Jungen nicht ein ganzes Jahr stehlen!"
„Und wenn sich die Sache bei Dir nicht so gut entwickelt, wie Du Dir gedacht hast …?"
„Dann kann er ja bei Dir weiter lernen!"
„Ja, Brüderlein! Der kleine Bruder hat es schon immer verstanden, mich auszunutzen!"
„Aber Du hast eine große Firma und bist fein heraus und ich muss erst sehen, dass ich auch zu etwas komme. Sicher werden Deine Lehrlinge ebenso tüchtige Leute! Wo soll ich jetzt noch einen so geeigneten Lehrling finden! Und bis zum nächsten Jahr kann ich nicht warten!"
„Na gut, ich schicke ihn morgen zu Dir"

Steffen erfuhr nichts von diesen Gesprächen. Er arbeitete wie jeden Tag und war etwas erstaunt, als er am Abend ins Büro des Chefs gerufen wurde. Der Chef war nicht da und die Sekretärin wusste auch nur, dass sie einen Brief übergeben soll.

„Du sollst gleich morgen früh nach X zum Bruder des Chefs fahren und diesen Brief abgeben!"

„Warum das?"

„Weiß ich nicht! Befehl ist Befehl! Wie bei den Soldaten! Da wird nicht gefragt! Hier ist das Fahrgeld für die Bahn!"

Wie sollte auch Steffen auf den Gedanken kommen, dass dieser Brief mit ihm zu tun habe. Dass der Bruder seines Chefs in X. einen Betrieb hat, wusste er bisher nicht. Und so dachte er sich, dass der Brief eben eilig und wichtig sei und deshalb durch Boten überbracht werden soll. Da Steffen gerne mit der Bahn fuhr, war ihm die Abwechslung lieb.

Der Betrieb in X lag nicht allzu weit vom Bahnhof entfernt. Im Büro hinter der „Reparatur-Annahme", wohin Steffen gewiesen wurde, arbeitete eine Dame mittleren Alters. Offenbar wurde er dort erwartet und die Dame war sehr nett zu ihm. Dass es die Ehefrau des Inhabers war[61], erfuhr er erst später. Jetzt jedenfalls gab er den Brief ab und wurde in einen Nebenraum geführt, wo ihm die Dame Limonade und ein mit Wurst belegtes Brötchen anbot, was Steffen ebenso erstaunt wie dankend annahm. Auf seine Frage, ob er dann gleich wieder zurück fahren oder auf etwas warten soll, erhielt er zunächst keine Antwort. Offenbar merkte die Dame erst jetzt, dass Steffen noch nichts davon wusste, was sich hinter seinem Rücken zusammengebraut hatte.

„Nein, der Chef will mit Dir sprechen! Also warte hier!"

Es dauerte etwa eine halbe Stunde, bis Steffen zum Chef gerufen wurde. Dieser hatte inzwischen die Personalpapiere und Zeugnisse, welche im Brief waren, durchgelesen. Da alles seinen An-

---

[61] In vielen kleineren und mittleren Handwerksbetrieben war es damals üblich, dass die Ehefrau des Inhabers „das Büro" machte.

forderungen entsprach und auf die gute Beurteilung seines Bruders vertrauend, suchte er im Formularschrank nach den Vordrucken der Innung für Lehrverträge und ließ gleich die erforderlichen drei Exemplare ausfüllen.

„So, das ist also der junge Mann, der bei mir eine Lehre im KFZ-Handwerk antreten will!"
Der Meister musterte Steffen und schien auch mit dessen „äußeren Erscheinungsbild" zufrieden zu sein. Erst dann fiel ihm auf, dass Steffen ihn ganz entsetzt anschaute und keines Wortes fähig war!
„Ja, hat Dir mein Bruder nicht gesagt …?"

Es dauerte lange, bis Steffen begriff, was hier vor sich ging und bis der Meister merkte, dass der Junge überhaupt nicht gewusst hat, warum er hierher geschickt wurde!
Dann kamen hemmungslos Tränen; Tränen der Freude und des Glückes! Wie oft hatte sich Steffen diese Stunde vorgestellt und jetzt – ganz plötzlich und ohne sich darauf einstellen zu können – war er am Ziel seines Wunsches!
Die Frau trocknete ihm mütterlich die Tränen ab und dann nahm sich der Chef wenigstens eine Stunde Zeit, und Steffen musste viel erzählen. Über seine vergebliche Lehrstellensuche, über seine Arbeit an Ostern und im Betrieb, über seine Berufschultage und er musste noch viele Fragen beantworten.

Ja, und dann übergab der Chef seinem neuen Lehrling einen großen Briefumschlag. Darin der Lehrvertrag!

Steffen bemühte sich, richtig zuzuhören, was ihm sein zukünftiger Lehrmeister erklärte. Es sei wichtig, dass der Vertrag noch heute bei der Handwerkskammer eingereicht und registriert wird! Warum hat Steffen nicht richtig verstanden. Also müsse er ihn sogleich von den Eltern unterschreiben lassen, weil er ja noch minderjährig sei – und natürlich auch selbst unterschreiben! Dann müsse eine Ausfertigung des Vertrages noch heute zur Handwerkskammer gebracht werden, welche ihren Sitz am Wohnort Steffens hatte, so dass dies leicht möglich war. Die zweite Ausfertigung müsse er zurück schicken, was per Post geschehen könne. Und die dritte Ausfertigung sei dann für ihn. Die solle er seinem bisherigen Chef zeigen, damit dieser mit ihm den Auflösungsvertrag schließen könne. Und dann müsse er zur Berufsschule gehen und dort alles klar machen.

Steffen verstand zwar kaum etwas von diesen Formalitäten, bemühte sich aber, nichts zu vergessen und wiederholte auf Verlangen des Chefs

… Vertrag von den Eltern unterschreiben lassen; dann auch noch selbst unterschreiben;

… Eine Ausfertigung gleich zur Handwerkskammer!

… Eine Ausfertigung per Post nach X

… Die dritte Ausfertigung dem Chef zeigen und mit ihm einen Auflösungsvertrag schließen!

… Berufsschule!

„Und dann – Dienstbeginn kommenden Montag 7 Uhr 30".

Ein Händedruck! Ein aufmunterndes Lächeln der Frau des Chefs. Steffen stammelte Dankesworte und versicherte, wie froh er sei und dass er sich alle Mühe gäbe …
„Ja, das erwarten wir natürlich!"
Steffen war entlassen.

Draußen vor der Tür schaute er zunächst in den Umschlag!
Tatsächlich, es waren Lehrverträge! Es war kein Traum. Es war kein Scherz! Alles war ernst und richtig! Er hatte einen Lehrvertrag! Am liebsten hätte er laut geschrien und allen Leuten von seinem Glück erzählt. Aber dann fasste er sich und schaute auf den Fahrplan am Bahnhof.
Der Zug ging erst in einer Stunde. In der nächsten Telefonzelle rief er zu Hause an. Micha war am Apparat! Steffen bat ihn, Vater zu verständigen, dass dringend seine Unterschrift benötigt werde, weshalb er in der Mittagspause nach Hause kommen müsse! Warum sagte er ihm nicht. Er wollte die freudige Neuigkeit selbst verkünden.

Dann war immer noch Zeit genug, um sich ein großes Eis zu leisten.

Zu Hause war große Freude bei allen. Der Vater war in der Mittagspause nach Hause gekommen und so konnten alle Förmlichkeiten am Nachmittag erledigt werden. Micha hatte nichts Eiligeres zu tun, als sich ans Telefon zu hängen, Franziska und Anna anzurufen und die Neuigkeit zu verbreiten.

So ergab es sich, dass Steffen, als er am Abend heim kam, einen festlich gedeckten Tisch vorfand. Mama hatte ob des freudigen Ereignisses das Lieblingsessen von Steffen gekocht und auch Franziska war eingeladen. Aus der hintersten Ecke des Kellers wurde die Flasche Sekt geholt, welche der Vater vor einigen Jahren beim Betriebsjubiläum erhalten hatte. Schon lange war nicht mehr so viel Jubel im Haus gewesen.

Auch am nächsten Tag ging alles glatt. Er konnte in seiner Berufsschulklasse bleiben und der Chef unterschrieb den Auflösungsvertrag. Als er sich von dem alten Gesellen verabschiedete, mit dem er zusammen den Dienst in der Tankstelle versehen hatte, standen in beider Augen Tränen und der Kumpel erklärte, dass er jetzt froh sei, übernächste Woche endlich mit der Arbeit aufzuhören. Rente bekomme er ja schon lange, aber als Junggeselle war es ihm langweilig zu Hause und da hat er eben in der Tankstelle gearbeitet. Aber jetzt ist Schluss! Er habe sich mit Steffen so gut verstanden, dass er sich an keinen neuen Kumpel mehr gewöhnen wolle.

„Heirate gleich, wenn Du Geselle bist und eine gute Stelle hast. Ohne Frau ist das kein Leben! Aber da hast Du ja noch ein paar Jahre Zeit!"

Der alte Herr lachte zwar über seine Rede, aber Steffen merkte, dass es ernst gemeint war.

„Und denke immer daran! Die Roten sind genau so schlimm wie die Nazis! Dass es gemeine Verbrecher sind, hat man ja vorgestern gemerkt!"

Steffen sah seinen Kumpel ratlos an.

„Hast Du nicht mitbekommen, dass die in Berlin am Dienstag drei Banken überfallen haben? Zum Glück hat es keine Verletzten gegeben, aber eine Menge Geld haben die erbeutet. Die Polizei ist sich sicher, dass es dieser Baader und seine Bande war!"

Die Sache mit dem Lehrvertrag hatte Steffen so beschäftigt, dass er sich für nichts anderes interessiert hatte. Keine Nachrichten im Fernsehen verfolgt und sogar die Bildzeitung des Vaters nicht gelesen. Seine Empörung über diese Leute wurde immer größer. Wenn auch die Eltern von der Kirche nicht viel hielten; die Grundsätze des „bürgerlichen Anstandes" waren in der Familie ein Erziehungsprinzip und für beide Brüder verbindlich und wurden nie in Frage gestellt. Brandstiftung oder Banküberfall waren deshalb für ihn Verbrechen und keine politische Demonstration.

„Das rote Studentenpack will nur die Demokratie[62] abschaffen! Die wollen aus unserem Land eine DDR machen!"

Steffen versprach, immer daran zu denken!

---

[62] Heute wissen wir, dass ihnen weitgehend gelungen ist, den Staat „auf dem Kopf zu stellen", indem sie im Staat, in den Parteien und in den Medien nach und nach viele wichtige Stellen besetzt haben. Die Welt, wie wir sie heute vorfinden, ist im Grunde die „Wunschwelt" der 68er Studentenbewegung. Vieles, was die „schweigende Mehrheit" heute beklagt: Drogen; Zerfall der Familien; Autoritätsverlust; Politikverdrossenheit; Sittenverfall; sexuelle Beliebigkeit; geringes Risiko für Kriminelle, deren Taten ohnehin „die Gesellschaft" zu verantworten habe; ein Strafrecht, dem die Menschenrechte der Täter wichtiger als die Opfer sind: Verachtung der eigenen Nation usw. geht letztendlich auf diese Zeit und ihre „Geister" zurück. Polizisten zu verprügeln konnte damals eine Karriere eröffnen, die als Minister endete. In den Jahren zwischen 1949 und 1968 wäre das nicht denkbar gewesen.

Neun Monate später

Wir können die nächste Zeit übergehen. Steffen hatte einen günstigen Bahnanschluss nach X und auch im neuen Betrieb lief alles „prima", wie Micha sagen würde.

Anna versäumte nicht, darauf hinzuweisen, dass man jetzt in der Kirche eine neue Kerze anzünden müsse, weil Maria geholfen habe. Steffen verstand zwar hiervon nichts, aber er opferte fünfzig Pfennige seines Taschengeldes, damit die größte Kerze gekauft werden konnte, die es dort in der Kirche gab.

In den Tagen zwischen Weihnachten und Neujahr hatte Steffen „Betriebsferien". Das war für ihn eine Gelegenheit, mit seiner Jugendgruppe „auf Fahrt" zu gehen. Sie hatten eine Waldhütte gemietet und dort verbrachten die Jungen mit ihrem Gruppenführer einige tolle Tage. Es wurde gewandert, gespielt und vor allem auch gesungen[63]. Inzwischen hatte Steffen so fleißig geübt, dass er die Lieder seiner Kameraden auf der Gitarre begleiten konnte. Da weder der Gruppenführer noch einer der anderen Jungen dies konnte, war er ein wichtiges Mitglied der Gruppe geworden.
Steffen war erstaunt, wie wenig es störte, dass er nicht katholisch war. In der Gruppe wurde regelmäßig gebetet. Das „Vater-unser" konnte er mit beten; das hatte er im Konfirmandenkreis gelernt. Das Gebet zu Maria kam ihm zunächst fremd vor. Aber seit dem damaligen abendlichen Gespräch mit Micha und dessen Erlebnis in der Kirche und nachdem er dann wirklich eine Lehrstelle gefunden hatte, ging ihm die Sache mit der Kerze nicht mehr aus dem Sinn. Und da der Pastor ihm auf Fragen erklärte, dass eine angemessene Verehrung der Mutter Jesu durchaus auch „protestantisch" sei, lernte er die Worte auswendig, um sie mitsprechen zu können.
Am 27.12. – es war Sonntag – ging die Gruppe von ihrem Waldhaus zum Gottesdienst in die einige Kilometer entfernte Dorfkirche. Der Gruppenführer überließ Steffen die Wahl, ob er mitkommen oder im Waldhaus bleiben wolle. Einen evangelischen Got-

---

[63] Siehe dazu Anmerkung 12 auf Seite 116..

tesdienst gab es im Dorf nicht. Steffen entschied sich zu bleiben und kochte dafür der Gruppe das Mittagessen, was dankend angenommen wurde. Zu schade, dass Franz nicht mitkommen wollte. Jetzt hätten Steffen und die Gruppe ihn gut brauchen können!

Steffen wollte eigentlich Micha dazu bringen, auch in eine Jugendgruppe einzutreten. Aber er war für Steffens Gruppe zu jung und in die Gruppe der Jüngeren wollte er nicht eintreten. Lieber traf er sich weiter mit Peter und Andy. Und die Eltern erlaubten den drei Jungen, in den Weihnachtsferien eine Wanderung mit Übernachtung in einer Jugendherberge – und das war natürlich „prima".

Es wurde Winter und der Frühling kam. Franziska und Steffen waren immer noch zusammen. Micha allerdings hatte sich von seiner Anna getrennt. Sie war ihm auf die Dauer zu brav und zu fromm. Und als ihm dann noch Peter erzählte, dass dessen Freundin ihm angedeutet habe, durchaus dem Sex nicht abgeneigt zu sein, hielt er Umschau nach einer anderen Partnerin.

Immer noch unterhielten sich die Jungen abends bevor sie schlafen gingen, miteinander über alles Mögliche. Ja, Peters Freundin war beim Arzt gewesen. Irgendetwas war bei ihr nicht in Ordnung und jetzt muss sie die „Pille" nehmen. Warum genau, hat Peter nicht verstanden und auch Steffen konnte dies Micha nicht erklären[64], aber so lange sie die Pille nehme, könne sie auch nicht schwanger werden – und sie deutete an, dass man vielleicht deshalb darüber reden könne…

Franz und Steffen trafen sich immer seltener. Franz arbeitete im Betrieb des Vaters und war für diesen ein tüchtiger und fleißiger Mitarbeiter. Um seinen Sohn bei Laune zu halten, war er nicht nur finanziell großzügig, sondern machte ihm auch für seine Frei-

---

[64] Die Anti-Baby-Pille ist auch ein Medikament, das besonders junge Mädchen bei Hormonstörungen einnehmen müssen – und als „Nebeneffekt" können sie dann nicht schwanger werden, so lange sie die Pille nehmen müssen.

zeit und seine Lebensführung keine Vorschriften, soweit Franz sich in die Familie gut einfügte und fleißig war.

Bei einem der gelegentlichen Treffen erfuhr Steffen, dass Franz eine „feste Freundin" hat. Tanja ist fast zwei Jahre älter als er und „sehr erfahren", wie Franz schmunzelnd berichtet. Sein Vater hat nichts gegen diese Beziehung: „Mit der kann er seinen Spaß haben und die lässt sich auch kein Kind von ihm machen!"

Dann kam für Steffen der Tag der Konfirmation. Er nahm diesen Tag sehr ernst. Er war in seinem Kurs der Jüngste und alle, die sich ja erst im höheren Alter zur Konfirmation entschlossen hatten, waren ihm hierbei gute Vorbilder. Er erinnerte sich noch genau an die Worte von Franz, der nur wegen der Geschenke zum Weißen Sonntag gegangen war – und so etwas wollte er auf keinen Fall. Als der Tag näher kam, einigte er sich mit seinen Eltern, dass kein Fest gefeiert wird. Gemeinsames Mittagessen in einer Gaststätte nach dem Kirchgang mit den Eltern, Franziska und Micha – und sonst nichts. Keine Geschenke!

Und dann war seine gesamte Jugendgruppe mit ihrem Führer in der Kirche beim Konfirmationsgottesdienst. Sogar ihren Wimpel hatten sie mitgebracht. Steffen war gerührt und es versteht sich von selbst, dass es in der nächsten Gruppenstunde ein „wildes Besäufnis" mit Limo und belegten Broten gab.

Franziska beendete die Schule mit einem „Klasse-Zeugnis" und ihre Mutter war tieftraurig, dass ihr so kluges Töchterlein nicht das Abitur machen und studieren will. Obwohl Franziska dies immer schon so gewollt hat, war die Mutter sogar etwas böse auf Steffen, weil sie diese Freundschaft als Ursache für den Entschluss der Tochter ansah. Der Vater allerdings war einverstanden und vermittelte ihr eine Lehrstelle bei einer Bank. Dort rollt der Rubel, dort bekomme sie „Durchblick" und bis jetzt sei auch noch kein „Banker" verhungert! Es drehe sich sowieso alles nur ums Geld und da sei man bei der Bank immer auf der richtigen Seite.

Bis dahin hatten weder Franziska noch Steffen erfahren, dass ihr Vater die Sache mit der Lehrstelle eingefädelt hatte. Steffen hatte angenommen, dass die beiden Brüder nur durch Zufall auf die Idee gekommen seien. Angesichts der Freude über die Lehrstelle hatte er sich auch keine Gedanken darüber gemacht. Und jetzt war er froh, dass seine Probezeit erfolgreich überstanden und sein neuer Meister im Betrieb mit ihm zufrieden war.

Aber als bei Franziska deren Schulabschluss gefeiert wurde, erzählte ihr Vater, wie das damals gelaufen war. Natürlich machten ihm beide Vorwürfe, dass er so lange geschwiegen habe.

„Ihr beide habt euch damals ja kaum gekannt. Ihr seid noch so jung und da ist es nicht selbstverständlich, dass ihr auch heute noch zusammen seid. Steffen sollte sich nicht aus Dankbarkeit ‚gebunden' fühlen, wenn es zu einer Trennung käme. Aber jetzt kann ich es euch ja sagen…"

Zum Maitanz gingen beide zum ersten Mal ohne die Eltern. Im Festzelt saß ihnen gegenüber ein junges Paar mit einem etwa zweijährigen Sohn und dieser machte sich an Franziska heran und wollte mit ihr spielen. Steffen sah mit Freude, wie gut Franziska sich mit dem Kind verstand und als die jungen Leute nach Hause gehen wollten, konnte der Junge nur mit Mühe in seinen Kinderwagen gesetzt werden und winkte noch so lange, wie er Franziska sah.

„Vielleicht in drei oder vier Jahren…."
„Wenn wir einen Jungen haben, wird mein Vater ihn mit Beschlag belegen, um aus ihm einen Pfadfinder zu machen!"
Franziska lachte und Steffen dachte bei sich, dass er wohl nichts dagegen habe. Er war ja gerne in der Jugendgruppe des Kaplans und hat dort gute Freunde gefunden.
Es war bereits dunkel, als sie aus dem Festzelt gingen. Der Himmel war voller Sterne und dann zog eine Sternschnuppe ihre Bahn.

Wie aus einem Mund sagten beide:
„Jetzt darf man sich etwas wünschen"
Sie nahmen sich fest bei der Hand. Und beide wünschten sich das gleiche.

Anmerkungen:

Anmerkung 1 zur Seite 5 (68er Bewegung)

Diese Bewegung, an welcher unser Land heute noch leidet, geht zurück auf die so genannte „kritische Theorie" von Max Horkheimer, auch beeinflusst von Paul Tillich. Dieser Neomarxismus sollte sich, um „salonfähig" zu werden, vom orthodoxen Marxismus abgrenzen, welcher ob der stalinistischen Verbrechen kaum noch zu vermitteln war. „Marxismus für feine Leute", wie *Golo Mann* diese neue Idee nannte. Prinzipielle Kritik an allem Vorgefundenen sollte die bürgerliche Gesellschaft und jegliche Autorität zunächst einmal in Frage stellen und dann beseitigen. Man wollte eine neue – utopische – Welt erschaffen.

Diese neue Heilslehre ging hier in erster Linie von den Universitäten (sog. Frankfurter Schule) aus. Leute wie *Adorno, Marcuse, Fromm* und einige andere waren die Propheten. Damals waren die Kriegsfolgen weitgehend beseitigt; es gab schon wieder einen beachtlichen Wohlstand und viele Studenten und Gymnasiasten, verwöhnte Wohlstandskinder, wollten „intellektuell" erscheinen und gefielen sich in diesen wirren Ideen. Da wollten auch die Journalisten in Presse und Rundfunk[65] nicht zurückstehen und trugen diese Gedanken in die bürgerlichen Wohnzimmer. Es gäbe keinen Gott, weshalb Theologie sinnlos sei; die Familie sei ob ihres autoritären Charakters die Ursache des Faschismus und „das Ganze ist falsch" waren die abstrusen Thesen dieser Leute.

Verbreiter dieser neuen Heilslehre war insbesondere der Sozialistische Deutsche Studentenbund (SDS): die „Multiplikatoren" waren Journalisten, Lehrer, Pfarrer und Sozialarbeiter. Bald jedoch mussten diese merken, dass die Arbeiterschaft mit solchen Phrasen nicht zu aktivieren war. Deren Gegenrede war sehr viel realer:

„Lasst die Bauarbeiter schaffen, kein Geld für langhaarige Affen".
Für eine offene Revolution braucht man aber „Massen" und die kamen nicht. 1969 löste sich der SDS auf. Manche glaubten,

---

[65] Hauptsächlich der Hessische Rundfunk und der Westdeutsche Rundfunk.

dass der Spuk vorbei sei. Sie irrten sich. Es war, wie wenn eine Streubombe platzt und unzählige kleine Sprengkörper frei setzt. Einerseits begann wie ein langsam wirkendes Gift „der Marsch durch die Instanzen" (*Rudi Dutschke*). Unser freiheitlicher Staat ließ es zu, dass die Kinder dieses Ungeistes in Politik, Presse, Rundfunk, Fernsehen und auch der Kirche hohe Posten besetzten und die Republik geistig umerzogen. Andere diskutierten in kleinen Zirkeln den Weg von der Idee zur gewaltsamen Durchsetzung, zunächst nur „Gewalt gegen Sachen" (Brandstiftung im Kaufhaus), dann auch gegen Personen. Am Ende stand die blutige RAF. 35 Menschen mussten sterben, bis schließlich die Haupttäter selbst tot waren oder hinter Gitter verschwanden[66]. Als „Plagen" haben sie uns unter anderem hinterlassen: Die Drogen-Subkultur, Autoritätsverlust, moralische Relativierung[67] und den radikalen Feminismus.

Anmerkung 2 zur Seite 6 (uneheliche Vaterschaft)

Damals gab es noch keine wirklich zuverlässigen Methoden zur Feststellung, wer der Erzeuger eines „nichtehelichen" (= damals „unehelichen") Kindes ist. Deshalb galt folgende Regel:

● Wer mit dem Mädchen innerhalb einer gewissen Zeit (= gesetzliche Empfängniszeit) Geschlechtsverkehr hatte, galt als „Vater" und musste für das Kind Unterhalt zahlen.

● Eine Chance, dieser Zahlungspflicht zu entgehen, hatte er nur, wenn er z.B. beweisen (!) konnte, dass das Mädchen innerhalb der fraglichen Zeit auch noch Sex mit anderen Männer oder Jungen hatte oder aber dass andere Argumente gegen seine Vaterschaft sprachen.

● Wenn er Glück hatte, ordnete das Gericht ein Blutgruppengutachten an, aber das führte nur selten zum Ausschluss der Vaterschaft. Auch die weiteren Möglichkeiten, die es damals gab, waren nicht eindeutig und wurden nur bei erheblichem Zweifel vom Gericht zugelassen.

---

[66] Inzwischen sind sie fast alle wieder frei; aber ihre Opfer bleiben tot!

[67] Nach Oberrabbiner Lord Sacks „die eigentliche Totenglocke der Zivilisation"

● Das Alter spielt keine Rolle. Auch ein 13-jähriger „Vater" hätte schon damals, wie auch heute, zur Zahlung von Unterhalt verurteilt werden können.

● Gerade hatte der Gesetzgeber die Unterhaltspflicht verschärft. Hatte der Erzeuger kein Geld (weil er z.B. noch zur Schule ging), konnten seine Eltern – also die neuen Großeltern – für den Unterhalt herangezogen werden – und das löste nicht immer Freude aus. Auch das ist heute noch so!

● Heute gibt es aber sichere Methoden, eine Vaterschaft festzustellen. Damit konnte man das alte System der reinen „Zahlvaterschaft" (Vater galt mit dem Kind als nicht verwandt) abschaffen.

Anmerkung 3 zur Seite 10 (Zweitakt-Motoren)

Beim „Zweitakt-Motor" wird das zur Schmierung erforderliche Öl ins Benzin geschüttet, gut vermischt und mit verbrannt. Die Hersteller der Motoren bestimmten das erforderliche Mischverhältnis zwischen Benzin und Öl (aus Fässern abgefüllt), so z.B. 30:1, das heißt also auf 30 Liter Benzin ein Liter Öl. Wenn nun aber z.B. nur 12 Liter Benzin getankt werden sollten, musste man rechnen (wofür es natürlich auch Tabellen gab), also 12 : 30 = 0,4 l Öl. Beides kam dann in die Mischkanne, wurde dort gut durchgemischt und per Hand aus der Kanne in den Tank geschüttet.

Anmerkung 4 zur Seite 11 (Treffen Brandt-Stoph)

Der damalige Bundeskanzler Willy Brandt (SPD) besuchte am 19. 3. 1970 in Erfurt (DDR) seinen „Kollegen" Willi Stoph. Brandt wurde von der Bevölkerung der DDR stürmisch begrüßt, weil man sich von dem Besuch etwas mehr Freiheit erhoffte. Die Bedeutung dieses Besuches ist umstritten. Wesentliche Verbesserungen für ihre Bürger ergaben sich nicht; die DDR wurde aber international aufgewertet.

Anmerkung 5 zur Seite 12 (Volksaufstand Ungarn)

Ende Oktober 1956 forderte die ungarische Bevölkerung von ihrer Regierung mehr Freiheiten. Moskau befürchtete ein Übergreifen auf andere „Bruderländer" und schickte Panzer. Aber die Aufständigen waren ziemlich gut bewaffnet, weil auch Teile der ungarischen Armee auf ihrer Seite waren. Es kam zu einem blutigen Kampf, bei dem 2 – 3000 Bürger und auch ca. 700 Russen gefallen sind. Anschließend wurden Hunderte hingerichtet und sehr viele in Arbeitslager verschleppt. Ungefähr 200.000 ungarische Bürger haben das Land verlassen; viele kamen zu uns.

Anmerkung 6 zur Seite 23 (Präservative)

Die Bürokraten der EU hatten 1996 nichts Wichtigeres zu tun, als die Größe eines EURO-Präservatives zu normen (DIN EN 600). Wo sie „gemessen" haben, ist dem Verfasser nicht bekannt. Jedenfalls erhob sich alsbald Kritik und 2002 wurde eine internationale Norm (EN ISO 4074) festgelegt, welche größere Toleranzen zulässt. Entscheidend ist der Durchmesser. Derzeit kommen aus der Schweiz „Kinder-Präservative" mit kleinem Durchmesser auf den Markt, welche für Jungen zwischen 11 und 14 Jahren gedacht sind. Sie werden dort auch in den Schulen verteilt. Gegen Kritik wehrt man sich mit „AIDS-Vorbeugung".

Anmerkung 7 zur Seite 35 (Sudetenland)

Die alte Dame hat die Jungen nicht ganz korrekt informiert. Das später „Sudetenland" genannte Gebiet gehörte nicht zum „Deutschen Reich", sondern zur Habsburger Monarchie. Während die Sieger des Ersten Weltkrieges den „abzutrennenden" Deutschen des Deutschen Reiches eine Spur von Selbstbestimmung durch Abstimmung „gewährten" (Schleswig, Saarland, polnische Grenze), wurde den Deutschen aus der Habsburger Monarchie jegliche Abstimmung rigoros verweigert[68]. Somit kamen viele Deutsche in diesen Gebieten unter die Herrschaft von wenigen Tschechen. (1938: 2,9 Millionen gegenüber 700 000) Als deshalb die Deutschen, Männer, Frauen und Kinder, am 4. März 1919 hiergegen friedlich und ohne Waffen protestierten, wurden sie von Milzen beschossen. Die Zahl der Toten ist umstritten. 57 Tote im Alter zwischen 11 und 80 Jahren gelten als die Mindestzahl. Wahrscheinlich waren es mehr!

Das Verhalten der Tschechen führte dazu, dass der Wunsch. zum Deutschen Reich zu kommen, immer stärker wurde. Die Sie-

---

[68] Siehe auch „Süd-Tirol".

112

germächte des Weltkrieges (England, Frankreich, Italien) stimmten deshalb 1938 in München dem Anschluss des Sudetenlandes an Hitler-Deutschland zu, wobei es dann umgekehrt seitens der Nazis zu Gewalttaten und Verschleppungen kam. 1945 hatten die verbliebenen Deutschen von Russen und Tschechen brutale Gewalt zu ertragen. Viele starben im Zwangsarbeitslager oder wurden ermordet und der Rest wurde vertrieben. Der damalige Staatspräsident Benes (Benesch) bestimmte in seinem Dekret vom 8.5.1946, dass alle Gewalttaten[69] rechtmäßig gewesen seien, die vor dem 28.10.1945 an deutschen Mitbürger verübt wurden. Dieses Gesetz wurde leider nie aufgehoben!

Anmerkung 8 zur Seite 49 (Kriege im 19. Jahrhundert).
Nach den Freiheitskriegen gegen Napoleon I. gab es im Herzen Europas 3 große Kriege: 1864, 1866 und 1870/71.
• Schleswig-Holstein war damals mit Dänemark eng verbunden. Rechtswidrig wollten die Dänen Schleswig abtrennen und dem Dänischen Reich einverleiben. Der Deutsche Bund beauftragte daher Österreich und Preußen, gegen Dänemark (das sich Unterstützung von England erhoffte) Krieg zu führen. Aber niemand unterstützte Dänemark; das Unrecht war zu offensichtlich. Die vereinigten Truppen des Deutschen Bundes siegten und nun verwalteten die beiden Sieger das befreite Land gemeinsam[70].
• Wie üblich bekamen die beiden Siegermächte alsbald darüber Streit. Das war aber nur der Vorwand! Deutschland hatte als einzige Nation von Belang in Europa keinen Nationalstaat. Im Grunde wollte jeder in Deutschland einen gemeinsamen Staat, aber nicht unbedingt unter der Vorherrschaft Preußens. Österreich dagegen wollte die Vorherrschaft im Deutschen Bund nicht aufge-

---

[69] Einzelheiten – hunderte von Einzelschicksalen – können nachgelesen werden im Buch „Dokumente zur Austreibung der Sudetendeutschen" von Dr. Turnwald, Selbstverlag der ARGE zur Wahrung der sudetendeutschen Interessen aus dem Jahr 1952.

[70] Die damals gezogene Grenze gegenüber Dänemark wurde nach dem Ersten Weltkrieg korrigiert. Es ist den Dänen hoch anzurechnen, dass sie die ihnen nach dem Zweiten Weltkrieg angebotene Möglichkeit, deutsches Gebiet an sich zu bringen, nicht wahrnahmen.

ben und seine nichtdeutschen Völker wollten nicht in ein „Deutsches Reich" eintreten. Somit gab es keine Möglichkeit zu einem gemeinsamen „Reich" mit Österreich. Bismarck, der seinen König als Kaiser sehen wollte, provozierte einen Krieg gegen fast alle Staaten des Deutschen Bundes, um diesen aufzulösen. Obwohl neben Österreich auch Sachsen, Bayern, Baden, Württemberg, Hessen, Hannover und kleinere Staaten gegen Preußen kämpften, gewann Preußen im Bund mit Italien den Krieg. Österreich musste ausscheiden und Bismarck bekam freie Hand in Deutschland und gründete zunächst den „Norddeutschen Bund". Bayern, Baden, Württemberg und Hessen blieben draußen, denn die Gründung eines Deutschen Reiches unter Einschluss der „Süd-Staaten" hätte sofort Krieg mit Frankreich bedeutet, wo man ohnehin entsetzt über den Machtzuwachs Preußens war.

• Obwohl sich Frankreich unter Napoleon III. wirtschaftlich sehr entwickelte, war man mit ihm unzufrieden. Er hatte den preußischen Machtzuwachs nicht verhindern oder kompensieren können und in Mexiko[71] eine demütigende Niederlage erlitten. Deshalb war seine Herrschaft gefährdet, zumal er krank war. Seine ehrgeizige Frau, die unbedingt ihren gemeinsamen (damals 14 Jahre alten) Sohn als Kaiser sehen wollte und seine miserablen politischen Ratgeber drängten ihn 1870 zur Kriegserklärung gegen den Norddeutschen Bund. Die so genannte „Emser Depesche" war nur der Vorwand. Kriegsgrund war der Wunsch, Preußen niederzuwerfen und die durch nichts begründete Überzeugung, den Krieg leicht zu gewinnen, um durch diesen Erfolg die kaiserliche Dynastie zu festigen. Das Ende ist bekannt. Kein europäischer Staat unterstützte ihn; die Erinnerung an Napoleon I. war noch allgegenwärtig! Und auch die süddeutschen Staaten kämpften gemeinsam mit Preußen gegen Frankreich und siegten. Straßburg und Metz kamen zu dem neu gegründeten Deutschen Reich. Damit war der Same für die „Drachensaat" des 20. Jahrhunderts gelegt.

Napoleon III. starb alsbald und sein Sohn fiel in jungen Jahren als englischer Offizier in einem Kolonialkrieg. Frankreich blieb Republik.

---

[71] Man lese Karl May: „Der sterbende Kaiser".

Anmerkung 9 zur Seite 64 (Sex unter 14 Jahren)

Was die Polizei anlangt, war Michas Angst unbegründet. Zwar wird Sex mit Kindern unter 14 Jahren streng bestraft; aber um bestraft zu werden, muss man selbst 14 Jahre alt sein. Bestraft worden wäre dagegen das (ältere) Mädchen; wenn es nicht mit der Ausrede „durchgekommen" wäre, Michas falsche Altersangabe geglaubt zu haben. Somit wäre „nur" das Jugendamt gekommen – und das war damals noch ärgerlich genug!

Anmerkung 10 zur Seite 75 (Verlobung)

„Verlobung" ist ein im Bürgerlichen Gesetzbuch (BGB) geregeltes Verhältnis (Eheversprechen), das Rechte und Pflichten bewirkt. Wer die Auflösung der Verlobung verschuldet, muss Schadensersatz zahlen. Damals musste sogar für den Geschlechtsverkehr mit einer „unbescholtenen" Verlobten Schadensersatz wegen derer geminderten Heiratschance gezahlt werden; spöttisch „Kranzgeld" genannt. Dieser § 1300 BGB ist inzwischen aufgehoben.

Aber: Um sich rechtswirksam zu verloben, muss man (auch heute noch) volljährig sein oder die Zustimmung des gesetzlichen Vertreters haben. „Heimliche Verlobungen" Minderjähriger galten damals nicht und gelten auch heute nicht.

Anmerkung 11 zur Seite 91 (Weimarer Republik)

Ohne die entsetzliche Not nach dem verlorenen Weltkrieg hätte es kaum einen Hitler gegeben. Die unversöhnliche Haltung der Siegermächte ist daran nicht ohne Mitschuld. Besonders die Besetzung des Rheinlandes durch Frankreich und Belgien heizte die nationale Stimmung auf.

Inzwischen geht aber die Geschichtsforschung davon aus, dass Hitler 1933 nicht hauptsächlich von arbeitslosen Fabrikarbeitern gewählt wurde, denn diese wählten überwiegend kommunistische Parteien. Viele seiner Stimmen kamen von Handwerkern und kleinen Ladenbesitzern, die sich in ihrer Existenz durch die Industrie und die aufkommenden Warenhäuser bedroht sahen; und von den kleinen Beamten, denen in der „Notverordnung" die ohnehin geringen Gehälter massiv gekürzt wurden. Obwohl diese

Notverordnung formell vom Reichspräsidenten erlassen wurde, gilt Reichskanzler Brüning als deren „Vater".

„Auf dem Brünings seiner Glatz' – hat die Notverordnung Platz" war damals ein beliebter Spruch.

Erst als die Regierung große Erfolge bei der Arbeitsbeschaffung aufweisen konnte (bis 1936 praktisch ohne Kriegsrüstung!), wurde Hitler als der Retter auch von den Fabrikarbeitern gefeiert, obwohl er an diesem Erfolg kaum persönlichen Anteil hatte. Wegen des Terrors der Nazis 1934 hätte jedermann schon damals ersehen können, dass es ein verbrecherisches Regime war. Jedoch die gelinderte Not gegenüber den Jahren vor 1933 verstellte den Blick. Und als 1936 die zunehmende Verstimmung zwischen Frankreich und England Hitler die vertragswidrige Wiederbesetzung des Rheinlandes ermöglichte, war er für sehr viele Bürger ein nationaler Lichtblick gegenüber dem – so empfundenen – Unrecht der Siegermächte des Ersten Weltkrieges.

Ab 1936 wurde dann im Einvernehmen zwischen Hitler und dem Militär und gegen den kaum noch möglichen Widerstand konservativer Kräfte die Wirtschaft auf Kriegsrüstung gedrängt. Der Weg in die Katastrophe war vorgezeichnet und hätte damals nur noch durch ein Eingreifen von außen oder durch einen Militärputsch verhindert werden können. Das Militär aber dachte damals nicht an einen Putsch! Vielmehr entsprach die (ebenfalls vertragswidrige) Aufrüstung den Wünschen und Vorstellungen der meisten Generale.

Anmerkung 12 zur Seite 105 (Singen in der Gruppe)

Auch in kath. Jugendgruppen war damals das Liederbuch *„Die Mundorgel"*[72] weit verbreitet. Neben vielen überkommenen und neuen Fahrtenliedern finden sich darin eine Reihe christlicher Liedertexte, wie z.B.

„Weit sind die Wege…"

oder *„Wir sind die Deinen, Herr und Gott…"*;

Lieder, die damals in vielen Gruppen gesungen wurden.

---

[72] Von der Evangelischen Jugend herausgegeben.

Auch das „Altenberger Wallfahrtslied", das in den 50er Jahren besonders bei der „Pfarrjugend" des BDKJ gesungen wurde und mit den Worten schloss
> „und führe uns in aller Zeit mit deinen guten Händen, um Gottes große Herrlichkeit, in Demut zu vollenden".

war 1970 bei kath. Jugendgruppen noch zu hören.

Als der Verfasser 1982 seine Mitarbeit altersbedingt beendete, war aber längst der 68er Ungeist in die Bundesleitung der KJG vorgedrungen. Im berüchtigten „Songbuch 2" der KJG (1983) standen andere Lieder. z.B.:
> „..dann trinken wir Schampus, bis wir verrecken, und wer das nicht geil find', der kann uns mal lecken"

und auch noch weitere, nicht gerade sehr christliche Texte:
> „wir sterben mit allen Tieren und es kommt nichts nachher"

oder auch
> „Du lieber Gott, komm doch mal runter … Doch bitte schick uns diesmal nicht den Junior her, das ging beim letzten Mal schon schief …".

Die Bischofskonferenz zwang die KJG, die Restauflage einzuziehen, natürlich erst, als sie weitgehend verkauft war!

Übrigens: Eines dieser Lieder schloss mit den Worten:
> „und die Moral von der Geschicht'
> trau nicht des Pfaffen Arschgesicht."

Neue Zeiten haben neue Lieder, gerade bei den Jugendgruppen. Aber dieser Entwicklung hat der Verfasser nichts hinzu zu fügen.
„… mehr als Worte sagt ein Lied!"[73]

---

[73] Aus der ersten Strophe des Kirchenliedes „Kommt herbei, singt dem Herrn" von Diethard Zils.

Kurze Vorstellung der erwähnten deutschen Politiker:

Seite 11
Willi **Brandt**, 1913 – 1992. War von 1969 bis 1974 der erste deutsche Bundeskanzler, welcher der SPD angehörte.
Willi **Stoph,** 1914 – 1999, war damals Ministerpräsident der DDR.

Seite 88
Otto von **Bismarck,** 1815 – 1898, wurde 1862 preußischer Ministerpräsident, 1867 Kanzler des Norddeutschen Bundes und ab 1871 (bis 1890) Reichskanzler des Deutschen Reiches, als dessen Gründer er gilt. **Kaiser** waren: Wilhelm I; 1871 – 1888, sodann Friedrich III (nur wenige Wochen 1888) und Wilhelm II von 1888 bis 1918.

Seite 93
Ludwig **Erhard,** 1897 – 1977, war 1948 „Direktor der Verwaltung für Wirtschaft", eine Art Wirtschaftsminister in der Besatzungszeit. Er führte die Währungsreform ein und beendete die gesetzliche Preisbindung. Damit begann der Aufschwung nach dem Krieg. Er war zuerst (erfolgreicher) Wirtschaftsminister und dann (weniger erfolgreich) Bundeskanzler von 1963 bis 1966.

Seite 113
Heinrich **Brüning (**1885 – 1970) bewegte als Reichskanzler 1930 den Reichspräsidenten zum Erlass der Notverordnung.
Paul von **Hindenburg (**1847 – 1934) stand im Kaiserreich in hohem Ansehen, da er 1914 als General den Russen-Einfall in Ostpreußen zurückschlug (Tannenberg). Nach dem Krieg Reichspräsident von 1925 – 1934. Nach seinem Tod riss Hitler dieses Amt an sich, um die volle Macht im Staat zu erlangen.

Ein geschichtliches Gedenkblatt

Jede Marke von 5 Pfg. bis 1 Milliarde — ein Postkarten-Porto

Nie wieder möge diese Zeit zum Vaterland sich wenden!

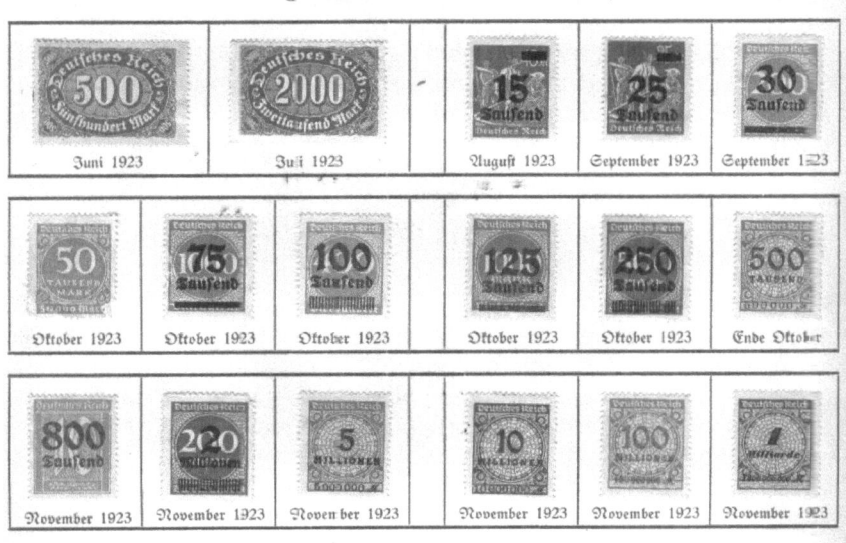

Entwicklung des Portos für eine Postkarte zwischen 1920 und November 1923

Einige Bücher zu den angesprochenen Themen:

Der Verfasser weiß, dass es zu diesen Themen unzählige Bücher gibt. Die nachstehende Auswahl ist deshalb notwendig subjektiv.

Für die Zeit 1968 bis 1970 und die Folgen:
a. Christian Schmidt *„Wir sind die Wahnsinnigen"* Econ München 1989.
b. Klaus Rainer Röhl *„Linke Lebenslügen"* Ullstein Frankfurt 1995.
c. Späth-Aden: *„Die missbrauchte Republik"* Inspiration Unlimited Hamburg-London 2010.
d. Rudolf Willeke: *„Hintergründe der 68er Kulturrevolution"* Schriftenreihe der Aktion Leben eV. Nr. 10; 2002.
e. Mathias v. Gersdorff: *„Die sexuelle Revolution erreicht die Kinder"* DVCK eV. 2005.
f. Michael Buback *„Der zweite Tod meines Vaters"* Knaur Taschenbuch Verlag München 2009.
g. Kurt Port: *„Sexdiktatur"* .Esslingen 1972.

Für die Zeit 1919 bis 1936:
a. Raimond Cartier *„Vom Ersten zum Zweiten Weltkrieg"* Piper & Co München 1982. Übersetzt aus dem Französischen: U.F. Müller.
b. Heinz Höhne: *„Gebt mir vier Jahre Zeit"* Ullstein 1999.
c. Sebastian Haffner: *„Anmerkungen zu Hitler"* Kindler München 1978.
d. Alistair Horne *„Der Frankreichfeldzug"* (erster Teil). Molden-Taschenbuch Nr. 16. Wien-München-Zürich 1976.

Für Ungarn 1956:
Paul Lendvai *„Der Ungarn-Aufstand 1956"* Bertelsmann 2006.

Für das 19. Jahrhundert:
Wer sich ausführlich mit der Kriegszeit 1864 – 1871 beschäftigen will, wird auch heute noch zu den Büchern von Theodor Fontane greifen, die als Nachdrucke zwar vergriffen sind, aber noch in manchen Büchereien stehen. Militärisch Interessierte greifen zu Regensberg „1870-1871" 3 Bände, Stuttgart 1907.

Zur Kurz-Information geeignet:

für Napoleon I:
Eugen Tarlé *„Napoleon"* Deutscher Verlag der Wissenschaften, Berlin 1972.
Nigel Nicolson *„Napoleon in Russland"* Benninger Zürich/Köln 1987

Für 1866:
Gordon A. Graig „Königgrätz" TB Bastei-Lübbe 1977, Nr. 64008

Für 1870-1871:
a. Alistair Horne: „Es zogen die Preußen wohl über den Rhein"
   Taschenbuch Bastei-Lübbe Nr. 65006.
b. Klaus Wide: „Der Deutsch-Französische Krieg 1870-1871" Heyne
   Dokumentation HD 6, München 1970.
c. Schoeps: „Preußen" Ullstein 1995.
d. Ludwig Reiners: „Bismarck gründet das Reich" DTV München 1980.
e. Schmidhuber „Der Deutsch-Französische Krieg 1870-1871" Verlag
   Rietsch, Landshut, 1900.
f. Graf Helmuth v. Moltke „Geschichte des Deutsch-Französischen Krieges von 1870 – 1871" Berlin 1895, Reprint Melchior-Verlag Wolfen-
   büttel.

**Für alle, welche die sexuelle Verwahrlosung vieler Kinder nicht
wahrhaben wollen:**
Bernd Siggelkow und Wolfgang Büscher: *Deutschlands sexuelle Tragö-
die"* (Wenn Kinder nicht mehr lernen, was Liebe ist) Taschenbuch Gold-
mann, München 2010.

Bücher des gleichen Verfassers

A. Ratgeber des Walhalla-Fachverlages (Preise: Stand 2011)

„Richtig handeln im Trauerfall". Hilfe für Leute, die einen Trauerfall abwickeln müssen. Auch junge Leute können alt aussehen, wenn sie damit konfrontiert werden. Wer das Buch rechtzeitig vorher liest, kann viel Geld sparen! 9,95 €.

„Soll ich mein Haus übertragen?". Ratgeber für alle, die sich mit dem Gedanken tragen, ihr Haus zu Lebzeiten an Kinder oder Enkel zu übertragen – und sich nicht auf einen „Schleudersitz" setzen wollen. Erst das Buch lesen, dann handeln – oder auch nicht! 11,50 €.

„Immobilien günstig ersteigern". Ratgeber für alle, die sich vorstellen könnten, ein Haus, eine Eigentumswohnung oder einen Bauplatz in einer Zwangsversteigerung zu erwerben. 9,95 €.

„Aufsichtspflicht, Haftung, Versicherung für Jugendgruppenleiter". Ratgeber für Vereinsvorstände, Pfarrer, Jugendgruppenleiter. Ein Buch, das Mut zum Engagement machen will. Wer das Risiko kennt, kann es beherrschen. Auch für Eltern für die Erziehung eigener Kinder. 15,50 €

B. Jugendbücher für die Familie und Jugendgruppe zum Vorlesen und natürlich auch zum Selbst-Lesen. Taschenbücher zu 9,95 €.

„Die Jungen von Nain". Ein Buch zum Neuen Testament. Zwei Jungen begegnen Jesus, erleben die Passion und Auferstehung und auch die Ausbreitung der jungen Kirche. Vorlese-Alter ab 6 Jahren, selbst lesen ab ca. 10 Jahren. Mit erklärenden Anmerkungen.

„Geht nicht nach Berchidda!" Fahrten-Abenteuer einer Jungengruppe in Sardinien. Auch Erwachsene finden die Geschichte spannend. Vorlesealter ab ca. 8 Jahren; selbst lesen ab ca. 10 Jahren.

„Der Franzosenstein". 16 Kurzgeschichten und ein Märchen zum Vorlesen in der Jugendgruppe und Familie. Spielvorschläge, Kochrezepte.

Bezugsquellen: Buchhandel, Internet. Alle diese Bücher können Sie per E-Mail zur portofreien Lieferung gegen Rechnung bestellen unter
felizitas.kueble@web.de

Pfadfinder-Abenteuer-Bücher

Otto Lohmüller, der Illustrator der Titelseite und des Lagerfeuerbildes auf Seite 21, hat als Autor 3 Pfadfinder-Abenteuer-Bücher geschrieben und ebenso illustriert.

Spurbuch Band 12
Tempelritter auf Fahrt
geschrieben und illustriert
von **Otto Lohmüller**
ISBN 3-88778-011-6
1992, gebunden, 184 Seiten
Hardcover, 12,50 €uro

Tempelritter auf Fahrt

Die Tempelritter dieses Buches tragen keine Rüstungen, sondern Pfad-finderkluft; es sind frische Jungen der Sippen Panther und Möwe auf ihrer Pfingstfahrt im Süden Frankreichs. Doch mit dem gleichen Stolz wie jene mittelalterlichen Recken tragen sie zu ihrer Pfadfinderlilie das Tempelritterkreuz als Symbol ihres Truppnamens. Dass sie dadurch schicksalhaft in ein gewaltiges Abenteuer hineingezogen würden, hätte sich keiner der Buben je erträumt.
Dies ist keine frei erfundene Geschichte. Sie ist wirklich erlebt und wird uns packend und spannend geschildert.

Spurbuch Band 16
Der Junge und die Tempelritter
Geschrieben und illustriert
von **Otto Lohmüller**
ISBN 3-88778-014-0
1995, gebunden, 184 Seiten,
Hardcover, 12,50 €uro

Der Junge und die Tempelritter

Erneut sind die fröhlichen Jungpfadfinder vom Trupp der Tempelritter auf Pfingstfahrt in den französischen Pyrenäen. Als Zeugen einer skandalösen Szene auf offener Straße werden sie mit dem traurigen Schicksal eines gleichaltrigen Franzosen konfrontiert. Sie verschließen nicht die Augen davor, sondern versuchen, ihrer Verantwortung als

Pfadfinder gerecht zu werden, indem sie dem Jungen Jacques du Temple helfen.

Wie im ersten Tempelritter-Spurbuch hat sich dieses Abenteuer wirklich so abgespielt. Richtige Jungen und jung gebliebene Leser fühlen sich als Teil dieser spannend geschriebenen Geschichte.

Spurbuch Band 20
Tempelritter auf der Flucht
Geschrieben und illustriert
von **Otto Lohmüller**
ISBN 3-88778-019-1
2004, gebunden, 184 Seiten,
Hardcover, 12,50 €uro

Tempelritter auf der Flucht

Was für ein Kontrast zwischen dem TGV, diesem Hochgeschwindig-keits-Triebzug, und den Tempelrittern. In diesem Buch sind es putz-muntere Jungpfadfinder, die sich ihren Namen nach den Tempelrittern, diesen Rittermönchen des Mittelalters, gewählt haben. Die fröhlichen Buben werden durch widrige Umstände auf ihrer Pfingstfahrt im mitt-leren Frankreich, einem „Verlorenen Land", in ein spannendes Aben-teuer verwickelt. Von dem Polizisten „Sonnenbrille" verfolgt, ziehen sie sich in den weiten Serrewald zurück. Werden sie entdeckt?

Otto Lohmüller, der Chef der Jungpfadfinder, erzählt uns packend diese von den Jungen in Wahrheit erlebte Geschichte. Seine Illustrationen sind ebenfalls authentisch.

Über ein halbes Jahrhundert schlägt dieses Buch einen Bogen in der Reihe der Spurbücher, weil die Tempelritterbuben im „Verlorenen Land" wandern. Sie übernachten in der ehrwürdigen Zisterzienserabtei „Abbaye d'Acey" und zelten beim „Alten Posthaus" (Spurbuch Band 2). Die Bände „Die Bande der Ayacks" (Band 7) und „Wiesel und Adler" (Band 9) spielten sich auch dort ab. Der Autor hat all diese Bücher in seiner Jungpfadfinderzeit gelesen und erlebte mit seinen Jungen heute erneut ein spannendes Abenteuer in dieser pfadfinderträchtigen Ge-gend.

Spurbuchverlag, Am Eichenhügel 4, 96148 Baunach, Telefon +49(0)9544-1561,Telefax +49(0)9544-809, www.spurbuch.de